一期一会，
念念不忘
——季羡林海外游记

季羡林 ◎ 著
梁志刚 ◎ 编注

时代出版传媒股份有限公司
安徽文艺出版社

图书在版编目（CIP）数据

一期一会，念念不忘：季羡林海外游记/季羡林著；梁志刚编注. —合肥：安徽文艺出版社，2023.8
ISBN 978-7-5396-7586-2

Ⅰ.①一… Ⅱ.①季… ②梁… Ⅲ.①游记—作品集—中国—当代 Ⅳ.①I267.4

中国版本图书馆 CIP 数据核字(2022)第 201693 号

出 版 人：姚 巍
责任编辑：李 芳　　　　　　装帧设计：SIMPLE　张诚鑫

出版发行：安徽文艺出版社　　www.awpub.com
地　　址：合肥市翡翠路 1118 号　邮政编码：230071
营 销 部：(0551)63533889
印　　制：安徽联众印刷有限公司　(0551)65661327

开本：880×1230　1/32　印张：8　字数：178 千字
版次：2023 年 8 月第 1 版
印次：2023 年 8 月第 1 次印刷
定价：38.00 元

（如发现印装质量问题，影响阅读，请与出版社联系调换）

版权所有，侵权必究

"要么读书,要么旅行,身体和灵魂,必须有一个在路上。"

目录

老师的足迹　梁志刚　001

Wala　001
表的喜剧　009
山中逸趣　017
我的女房东　023
迈耶一家　031
重返哥廷根　035
初抵德里　045
德里风光　051
琼楼玉宇,高处不胜寒　055
孟买,历史的见证　063
佛教圣地巡礼　071
回到历史中去　085
海德拉巴　093
天雨曼陀罗——记加尔各答　101

国际大学　109
重过仰光　115
尼泊尔随笔　121
望雪山——游图利凯尔　137
歌唱塔什干　143
塔什干的一个男孩子　157
巴马科之夜　167
马里的杧果城　173
科纳克里的红豆　179
在兄弟们中间　185
下瀛洲　191
游唐大招提寺　197
日本人之心　203
曼谷行　215

老师的足迹

梁志刚

季羡林是我国著名的散文作家。70余年来,他的散文创作从未间断过,留下了大量优秀的散文作品。

饶宗颐先生说:"我所认识的季先生,是一位笃实敦厚,人们乐于亲近的博大长者,摇起笔来却娓娓动听,光华四射。他具有褒衣博带、从容不迫的齐鲁风格和涵盖气象,从来不矜奇、不炫博,脚踏实地,做起学问来,一定要'竭泽而渔',这四个字正是表现他上下求索的精神,如果用来作为度人的金针,亦是再好没有的。"

钟敬文先生说:"季先生以北人治南学(南亚之学),学成于西方而精通东方(东方之学);学问好,人人都知道;散文写得好,却容易被忽略。其实他的文章一直伴随着他的学问,毋宁说也是他学问生命的一种形态。"

乐黛云先生说:"每次读先生的散文都有新的体味。

我想那原因就是文中的真情、真思、真美。"

季羡林的散文风格独特,颇具匠心,一直受到广大读者的青睐,历久而不衰。很久以来,一些读者朋友时常跟我说,季羡林的散文游记作品集观景、咏物、叙事、忆旧于一体,置身其中,能够让人穿越时空,穿越不同民族和文化,堪称一绝。作为一位考据学功底深厚的学者和一位非常讲究文采的写家,季羡林笔下的游记作品不仅具有史料价值,而且极具美学价值。但可惜的是,迄今为止,在市面上还没有见到他老人家的一部纯粹的游记作品,也无法从这些已有的散文集中,厘清他老人家一生的足迹。看来,整理并出版季老的游记散文作品,是一件读者企盼已久的事儿。

实话说,作为季老的弟子,我对他的思想感情和文章有切身的、比较深刻的了解和感悟。因此,我有责任、有义务在条件成熟的情况下,选编出一部深受广大读者喜爱的季羡林游记作品集。这对于提高广大读者的阅读、欣赏、写作水平,扩大他们的视野和知识范围,陶冶他们的情操和美感认知,加强他们的道德修养和人文素质,确实是一件十分有意义的事儿。

于是,我和老同学胡光利教授经过比较充分的酝酿准备和认真选编,《人间一趟,灿日碧洋——季羡林国内游记》与《一期一会,念念不忘——季羡林海外游记》最终呈现在读者面前。前者是季老国内游记的一次梳理,收录了他的一些比较重要的参观游览国内旅游景区的文章。如《火焰山下》《在敦煌》《观秦兵马俑》《法门寺》《登黄山记》《富春江上》《游小三峡》《海上世界》等,其中既有历史人文故事的奇思妙想,又有自然美景的流连忘返,还有对现代繁荣都市生活的慨叹。后者是季老国外游记的一次梳理,向读者呈现他青年时代赴德国学习及后来作为学者、作家、教育家、史学家出访印度、缅甸、尼泊尔、泰国、乌兹别克斯坦、日本等国家期间的所见、所闻、所思与所叹。季羡林无论以何种身份出国,都尽心竭力充当中国人民的友好使者,不遗余力为我国与世界各国人民之间铺路架桥。因此,这本书又可以看成体现中外文化交流及友谊的珍贵记录。

  季羡林先生是一位学者,他的散文被称为学者散文,因而他的游记不同于旅行家的游记。后者往往记述奇山秀水、奇风异俗,而季羡林的游记并非纯客观地描摹,他更多关注的是人,包括他本人在内,是人的感受。笔者以为,读季羡林的游记散文,除了他的所见、所闻,他的所思、所叹经常上溯到遥远的古代,展望到世界的未来,因而更能让读者受益。

Wala

　　1935年8月31日，季羡林登上开往欧洲的火车。9月13日，列车进入波兰境内。大概快到华沙的时候，一个年轻的波兰女孩悄无声息地走进了车厢。她细高身材，圆圆的面庞，淡红的两腮，一对晶莹澄澈的大眼睛，天真无邪。她环顾了一下四周，看见中国学生座位中间有个空位，就径直走了过来，从包里掏出一个精致的坐垫，铺在座位上，坦然坐了下来。她刚巧坐在季羡林的对面。随后，热闹、欢快、美妙的邂逅开始了。

　　一晃六年过去了。为什么在1941年季羡林要写Wala呢？其直接原因是他得知一位波兰女孩正在附近的菜园里做苦工。在德国学习的时候，季羡林亲眼看见法西斯对犹太人和波兰人的残酷迫害。他从这个做苦工的女孩，想到美丽善良的Wala。不管这个女孩是不是Wala，她们的命运都是一样的。此时作者自然联想到遥远的祖国，想到沦陷的故乡，不禁发出"同是天涯沦落人"的慨叹。季羡林的这篇散文，表达了对战争受害者，对被奴役、被压迫的民族和人民深切的同情；对发动战争、侵略别国、奴役和压迫各国人民的法西斯极大的愤怒。

总有一个女孩子的面影飘动在我的眼前：淡红的双腮，圆圆的大眼睛。这面影对我这样熟悉，却又这样生疏。每次当它浮起来的时候，我一点也不去理会，它只是这么摇摇曳曳地在我眼前浮动一会，蓦地又暗淡下去，终于消逝到不知什么地方去了。我的记忆也自然会随了这消逝去的影子追上去，一直追到六年前的波兰车上。

也是同现在一样的夏末秋初的天气，我在赤都游了一整天以后，脑海里装满了红红绿绿的花坛的影像，走上波德列车。我们七个中国同学占据了一个车厢，谈笑得颇为热闹。大概快到华沙了吧，车里渐渐暗了下来，这时忽然走进一个年轻的女孩子来。我只觉得有一个秀挺的身影在我眼前一闪，还没等我细看的时候，她已经坐在我的对面。我的地理知识本来不高明。在国内的时候，对波兰我就不大清楚，对波兰的女孩子更模糊成一团。后来读到一位先生游波兰描写波兰女孩子的诗，当时的印象似乎很深，但不久就渐渐淡了下来，终于连一点痕迹都没有了。然而现在自己竟到了波兰，而且对面就坐了一个美丽的波兰女孩子：淡红的双腮，圆圆的大眼睛。

倘若在国内的话，七个男人同一个孤身的女孩子坐在一起，我们即使再道学，恐怕也会说一两句带着暗示的话，让女孩子红上一阵脸，我们好来欣赏娇羞含怒然而却又带笑的态度。然而现在却轮到我们红脸了。女孩子坦然地坐在那里，脸上挂着一丝微笑，把我们七个异邦的青年男子轮流看了一遍，似乎想要说话的样子。但我们都仿佛变成在老师跟前背不出书来的小学生，低了头，没有一个人敢说些什么。终于还是女孩子先开了口。她大概知道我们不会说波兰话,只用德文问我们会说哪一国的话。我们七个中有一半没学过德文。我自己虽然学过,但也只是书本子里的东西。现在既然有人问到了,也只好勉强回答说自己会说德文。谈话也就开始了,而且还是愈来愈热闹。我们真觉得语言的功用有时候并不怎样大,静默或其他别的动作还能表达更多更复杂更深刻的思想。当时我们当然不能长篇大论地叙述什么,有的时候竟连意思都表达不出来,这时我们便相对一笑,在这一笑里,我们似乎互相了解了更多更深的东西。刚才她走进来的时候,先很小心地把一个坐垫放在座位上,然后坐下去。经过了也不知道多少时候,我蓦地发现这坐垫已经移到一位中国同学的身子下面去;然而他们两个人都没注意到,当时热闹的情形也可以想见了。

在满洲里的时候,我们曾经买了几瓶啤酒似的东西。一路上,每到一个大车站,我们就下去用铁壶提开水来喝,这几瓶东西却始终珍惜着没有打开。现在却仿佛蓦地有一个默契流过我们每个人的心中,一位同学匆匆忙忙地找出来了一瓶打开,没有问别人,其余的人也都兴高采烈地帮忙找杯子,没有一个人有半点反对的意思。不用说,我们第一杯是捧给这位美丽的女孩子的。她用手接了,先不喝,问我这是什么。我本来不很知道这究竟是什么,反正不过是酒一类的东西,而且我脑子里关于这方面的德文字也就只有一个"酒"字,就顺口回答说:"是酒。"她于是喝了一口,立刻抬起眼含着笑仿佛谴责似的问着我说:"你说是酒?"这双眼睛这样大,这样亮,又这样圆,再加上玫瑰花似的微笑,这一切深深地压住了我的心，我本来没有意思辩解，现在更没话可说，其实也不能说什么话了。她没有再说什么，拿出她自己带来的饼干分给我们吃。我们又吃又喝，忘记了现在是在火车上，是在异域；忘记了我们是初相识的异国的青年男女，根本忘记了我们自己，忘记了一切。她皮包里带着许多相片，她一张一张地拿给我们看。我们也把我们身边带的图书、画片，甚至连我们的毕业证书都找出来给她看。小小的车厢里充满了融融的欣悦。一位同学忽然问她叫什么名字，她立刻毫不忸怩地把自己的名字写在我们的簿子上：Wala。一个多么美妙令人一听就神往的名字！

大概将近半夜了吧，我走到另外一个车厢里想去找一个地方睡一会。终于在一个角落里找到一个位子。对面坐了一位大鼻子的中年人。才一出国，看到满车外国人，已经有点觉得生疏；再看了他这大鼻子，仿佛自己已经走进了一个童话的国土里来，有说不出的感觉。这大鼻子仿佛有魔力，把我的眼睛吸住，我非看不行。我敢发誓，我一生还没有看到这样大的鼻子。他耳朵上又罩上了无线电收音机，衬上这生在脸正中的一块大肉，这一切合起来凑成一幅奇异的图案画，看了我再也忍不住笑起来。但他偏又高兴同我说话，说着破碎的英语，一手指着自己的头，一手指着远处坐着的 Wala，头摇了两摇，奇异的图案画上浮起一丝鄙夷的微笑。我抬起头来看了看 Wala，才发现她头上戴了一顶红红绿绿的小帽子。刚才我竟没有注意到，我的全部精神都让她的淡红的双腮同圆圆的大眼睛吸住了。现在忽然发现她头上的小帽子，只觉得更增加了她的妩媚。一直到现在我还不明白，这位中年人为何讨厌这一顶同她的秀美的面孔相得益彰的小帽子。

我现在已经忆不起来，我们怎样分的手。大概是我们，至少是我，坐着蒙蒙眬眬地睡了会，其间 Wala 就下了车。我当时醒了后确曾觉得非常值得惋惜，我们竟连一声再会都没能说，这美丽的女孩子就像神龙似的去了。我仿佛看了一个夏夜的流星。但后来自己到了德国，蓦地投到一个新的环境里去，整天让工作压得不能喘一口气。以前在国内的时候，无论是做学生，是教书，尽有余裕的时间让自己的幻想出去飞一飞，上至青天，下至黄泉，到种种奇幻的世界里去翱翔，想到许多荒唐的事情，摹绘给自己种种金色的幻影，然后再回到这个世界里来。现在每天对着自己的全是死板板的现实，自己再没有余裕把幻想放出去，Wala 的影子似乎已经从我的记忆里消逝了去，我再也想不到她了。这样就过去了六个年头。

前两天，一个细雨萧索的初秋的晚上，一位中国同学到我家里来闲谈。谈到附近一个菜园子里新近来了一个波兰女孩子在工作。这女孩子很年轻，长得又非常美丽，父母都很有钱。在波兰刚中学毕业，正要准备进大学的时候，德国军队冲进波兰。在听过几天飞机大炮以后，于是就来了大恐怖，到处是残暴与血光。在风声鹤唳的情况里过了一年，正在庆幸着自己还能活下去的时候，又被希特勒手下的穿黑衣服的两足走兽强迫装进一辆火车里运到德国来，终于被派到哥廷根来，在这个菜园子里做下女。她天天做着牛马的工作，受着牛马的待遇，一生还没有做过这样的苦工。

出门的时候，衣襟上还要挂上一个绣着"P"字的黄布，表示她是波兰人，让德国人随时都能注意她的行动；而且也只能白天出门，晚上出去捉起来立刻入监狱。电影院戏院一类娱乐的地方是不许她去的。衣服票鞋票当然领不到，衣服鞋破了也只好将就着穿，所以她这样一个年轻又美丽的女孩子，衣服是破烂不堪的，脚下穿的又是木头鞋。工资少到令人吃惊。回家的希望简直更渺茫，只有天知道她什么时候能再见到她的故乡、她的父母！我的朋友也不由得叹了一口气。

我的眼前电火似的一闪，立刻浮起 Wala 的面影，难道这个女孩子就是 Wala 么？但立刻我又自己否认，这不会是她的，天下不会有这样凑巧的事情。然而立刻又想到，这女孩子说不定就是 Wala，而且非她不行；命运是非常古怪的，它有时候会安排下出人意料的事情。就这样，我的脑海里纷乱成一团，躺下无论如何也睡不着，伏在枕上听窗外雨声滴着落叶，一直到不知什么时候。

第二天早晨起来，到研究所去的时候，我就绕路到那菜园子去。这里我以前本来是常走的，一切我都很熟悉。但今天我看到这绿绿的菜畦，黄了叶子的苹果树，中间一座两层的小楼，我的眼前发亮，一切都蓦地对我生疏起来，我仿佛第一次看到这许多东西，我简直失了神似的，觉得以前菜畦没有这样绿，苹果树的叶子也没有黄过，中间并没有这样一座小楼。但现在却清清楚楚地看到眼前有这样一座楼，小小的红窗子就对着黄了叶子的苹果林，小巧得古怪又可爱。我注视这窗口，每一刹那我都盼望着，蓦地会有一个女孩子的头探出来,而且这就是 Wala。在黄了叶子的苹果树下面,我也每一刹那都在盼望着,蓦地会有一个秀挺的少女的身影出现,而且这也就是 Wala。但我什么也没有看到。我带了一颗失望的心走到研究所,工作当然做不下去。黄昏回家的时候,我又绕路从这菜园子旁边走过,我直觉地觉得反正离我住的地方不远的小楼里有一个 Wala 在;但我却没有一点愿望再看这小楼,再注视这窗口,只匆匆走过去,仿佛是一个被检阅的兵士。

以后,我每天要绕路到那菜园子附近去走上两趟。我什么也没看到,而且我也不希望看到什么,因为我现在已经知道,这女孩子不会是 Wala 了。不看到,自己心里终究有一个极渺茫极不成希望的希望:说不定她就真是 Wala。怀了这渺茫的希望,回到家来,每当夜深人静的时候,就把幻想放出去,到种种奇幻的世界里去翱翔,想到许多荒唐的事情,给自己摹描种种金色的幻影。这幻想会自然而然地把我带到六年前的波兰车上。我瞪大了眼睛向眼前的空虚处看去,也自然而然地有一个这样熟悉然而又这样生疏的女孩子的面影摇摇曳曳地浮现起来:淡红的双腮,圆圆的大眼睛。

我每次想到的就是这似乎平淡然而却又很深刻的诗句:"同是天涯沦落人。"因为,我已经不再怀疑,即使这女孩子不是 Wala,但 Wala 的命运也不会同这女孩子的有什么区别,或者还更坏。她也一定是在看过残暴与血光以后,被另外一个希特勒手下的穿黑衣服的两足走兽强迫装进一辆火车里拖到德国来,在另一块德国土地上,做着牛马的工作,受着牛马的待遇,出门的时候也同样要挂上一个"P"字黄牌,同样不能看到她的父母、她的故乡。但我自己的命运又有什么两样呢?不正有另一群兽类在千山万山外自己的故乡里散布残暴与火光吗?故乡的人们也同样做着牛马的工作,受着牛马的待遇,自己也同样不能见到自己的家属、自己的故乡。"同是天涯沦落人",但是我们连"相逢"的机会都没有,我真希望我们这曾经一度"相识"者能够相对流一点泪,互相给一点安慰。但是,即使她现在有泪,也只好一个人独洒了,她又到什么地方能找到我呢?有时候,我曾经觉得世界小过,小到令人连呼吸都不自由,但现在我却觉得世界真正太大了。在茫茫的人海里,找寻她,不正像在大海里找寻一粒芥子么?我们大概终不能再会面了。

1941 年于哥廷根

表的喜剧

《表的喜剧》是季羡林到德国哥廷根以后写的第一篇散文,完稿于 1935 年 11 月 2 日,发表在上海出版的《文学时代》第 3 期上。11 月 1 日,是他到达哥廷根的第一天。

季羡林把自己初出国门闹的笑话,或者说出的"洋相",写成文字,公之于世,而且自嘲说"可与刘姥姥进大观园先后比美",自己揭丑,胸怀坦荡,不仅给读者带来美的享受,而且给初到异域的青年人提供了有益的教训。

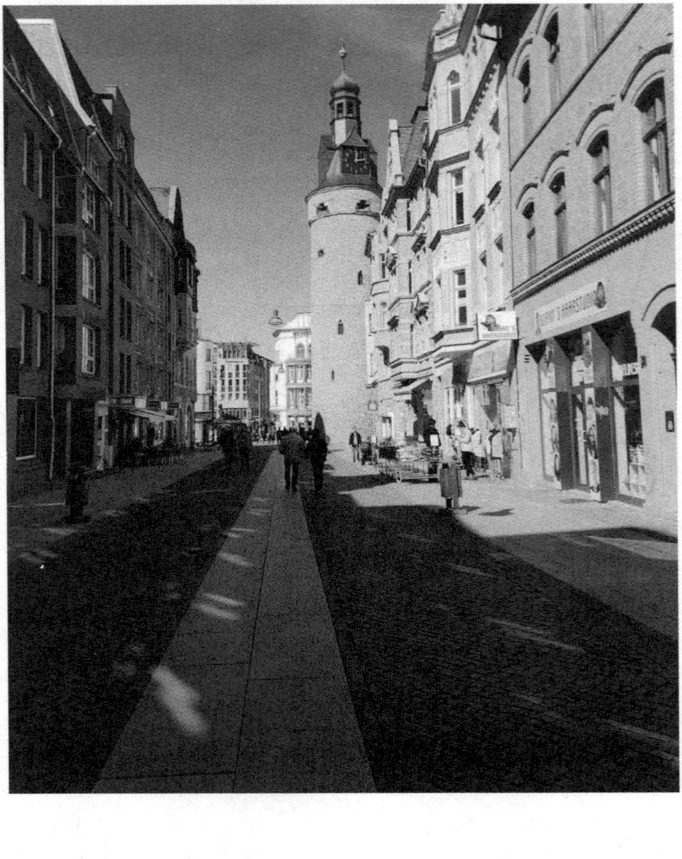

表的喜剧

　　自己是乡下人,没有见过多大的世面;乡下人的固执与畏怯也还保留了一部分。初到柏林的时候,刚走出了车站,头里面便有点朦胧。脚下踏着的虽然是光滑的柏油路,但我却仿佛踏上了棉花。眼前飞动着汽车电车的影子,天空里交织着电线,大街小街错综交叉着:这一切织成了一张有魔力的网,我便深深地陷在这网里。我惘然地跟着别人走,我简直像在一片茫无涯际的大海里摸索了。

　　在这样一片茫无涯际的大海里,我第一次感觉到对表的需要,因为它能告诉我,什么时候应当去吃饭,什么时候应当去访人。说到表,我是一个十足的门外汉。在国内的时候,朋友们中最少也是第三个表,或是第四个表的主人。然而对我,表却仍然是一个神秘的东西。虽然有时在等汽车的时候,因为等得不耐烦了,便沿着街向街旁的店铺里张望,希望能发现一只挂在墙上的钟,看看时间究竟到了没有。但张望的结果,却往往是,走了极远的路而碰不到一只钟。即便侥幸能碰到几只,然而每只所指的时间,最少也要相差半点钟。而且因为张望的态度太有点近于滑稽,往往引起铺子里伙计的注意,用怀疑的眼光看我几眼。当我从这怀疑的眼光的扫射下怀了一肚皮的疑虑逃回汽车站的时候,汽车已经开走了。一直到去年秋天,自己要按钟点挣面包的时候,才买了一只表。然而只走了三天,就停下来。到表铺一问,说是发条松。修理好了,不久又停下来。又去问,说是针有毛病。修理到五六次的时候,计算起来,修理费已经超过了原价,但它却仍然僵卧在桌子上。我便下决心,花了相当大的一个数目另买了一只。果然能

011

使我满意了。这表就每天随着我，一直随我坐上到西伯利亚的火车。然而在斯托扑塞换车的时候，因为急着搬行李，竟把玻璃罩碰碎了。在当时惶遽仓促的心情下，并不觉得是一个多大的损失，就把它放在一个茶叶瓶里，又坐了火车。当我到了这茫无涯际的海似的柏林的时候，我才又觉到它的需要了。

于是在到了的第三天，就由一位在柏林住过两年的朋友陪我出去修理。仍然有一张充满了魔力的网笼罩着我的全身。我迷惘地随了他走。终于在康德街找到了一家表铺。说明了要换一个玻璃罩，表匠给了我一张纸条。我只看到上面有黑黑的几行字的影子，并没看清是什么字。因为我相信，上面最少也会有这表铺的名字和地址；只要有名字和地址，表就可以拿回去的。他答应我们第二天去拿，我们就跨出了铺门。

第二天的下午，我不愿意再让别人陪我走无意义的路，我便自己出发去取表。但是一想到究竟要到什么地方去取呢，立刻有一团迷离错杂的交织着电线的长长的街的影子浮动在我的眼前。我拿出那张纸条来看，我才发现，上面只印着收到一只修理的表，铺子名字却没有，当然更没有地址。我迷惑了。但我却不能不找找看。我本能地沿着康德街的左面走去，因为我虽然忘记了地址，但我却模模糊糊地记得是在街的左面。我走上去，我把我的注意力集中到每个铺子的招牌上，每一个铺子的窗子里。我看过各种各样的招牌和窗子。我时时刻刻预备着接受这样一个奇迹，蓦地会有一个"表"字或一只表呈现到我的眼前。然而得到的却是失望。我仍然走上去,康德街为什么竟这样长呢?我一直走到街的尽端,只好折回来再看一遍。终于在一大堆招牌里我发现了一个表铺的招牌。因为铺面太小了,刚才竟漏了过去。我仿佛到了圣地似的快活,一步跨进去。但立刻觉得有点不对。昨天我们跨进那个表铺的时候,那位修理表的老头正伏在窗子前面工作。我们一进去,他仿佛吃惊似的把一把刀子掉在地上。他伏下身去拾刀子的时候,我发现他背后有一架放满了表的小玻璃橱。但今天那架橱子移到哪儿去了呢?还没等我这疑虑扩散开来,主人出来了,也是一位老头。我只好把纸条交给他,他立刻就去找表。看了他的神气,想到刚才自己的怀疑,我笑了。但找了半天,表终于没找到。他用手搔着发亮的头皮,显出很焦急的样子。他告诉我,他的太太或许知道表放在什么地方。但她现在却不在家,让我第二天再去。他仿佛很抱歉的样子,拿过一支铅笔来,把他的地址写在那张纸条的后面。我只好跨出来,心里充满了疑惑和不安定。当我踏着暮色走回去的时候,对着这海似的柏林,我叹了一口气。

过了一个杂念缭绕的夜,我又在约定的时间走了去。因为昨天毕竟有过那样的怀疑,所以走在路上的时候,我仍然注意每一个铺子的招牌和窗子里陈列的东西,希望能再发现一个表铺。不久我的希望就实现了,是一个更要小的表铺。主人有点驼背。我把纸条递给他,问他,是不是他的。他说不是。我只好走出来,终于又走到昨天去过的那铺子。这次老头不在家,出来的是他的太太。我递给她纸条。她看到上面的字是她丈夫写的，立刻就去找表。她比老头还要焦急。她拉开每一个抽屉，每一个橱子；她把每一个纸包全打开了；她又开亮了电灯，把暗黑的角隅都照了一遍。然而表终于没找到。这时我的怀疑一点都没有了，我的心有点跳，我仿佛觉得我的表的的确确是送到这儿来的。我注视着老太婆，然而不说话。看了我的神气，老太婆似乎更焦急了。她的白发在电灯下闪着光，有点颤动。然而表却只是找不到，她又会有什么办法呢？最后，她只好对我说，她丈夫回来的时候问问看；她让我过午再去。我怀了更大的疑惑和不安定走了出来。

　　当天的过午，看看要近黄昏的时候，我又一个人走了去，一开门，里面黑沉沉的；我觉得四周立刻古庙似的静了起来；我能听到自己的心跳动的声音。等了好一会，才见两个影子从里移动出来。开了灯，看到是我，老头有点显得惊惶，老太婆也显然露出不安定的神气。两个人又互相商议着找起来；把每一个可能的地方全找过了，但表却终于没找到。老头更用力地用手搔着发亮的头皮，老太婆的头发在灯影里也更颤动得厉害。最后老头终于忍不住问我了，是不是我自己送来的。这问题真使我没法回答。我的确是自己送来的，但送的地方不一定是这里。我昨天的怀疑立刻又活跃起来。我看不到那个放满了表的小玻璃橱，我总觉得这地方不大像我送表去的地方。我于是对他解释说，我到柏林还不到四天，街道弄不熟悉。我问他，那纸条是不是他发给我的。他听了，立刻恍然大悟似的噢了一声，没有说什么，很匆忙地从抽屉里拿出一沓纸条，同我给他的纸条比着给我看。两者显然有极大的区别：我给他的那张是白色的，然而他拿出的那一沓却是绿色的，而且还要大一倍。他说，这才是他的收条。我现在完全明白了我走错了铺子。因为自己一时的疏忽，竟让这诚挚的老人陪我演了两天的滑稽剧，我心里实在有点不过意。我向他道歉，我把我脑筋里所有的在这情形下用得着的德文单字全搜寻出来，老人脸上浮起一片诚挚而会意的微笑，没说什么。然而老太婆却有点生气了，嘴里嘟噜着，拿了一块橡皮用力在我给她的那张纸条上擦，想把她丈夫写上的地址擦了去。我却不敢怨她，她是对的，白白地替我担了两天心，现在出出气，也是极应当的事。临走的时候，老头又向我说，要我到西面不远的一家表铺去问问，并且把门牌号写给我。按着号数找到了，我才知道，就是我昨天去过的主人有点驼背的那个铺子。除了感激老头的热诚以外，我还能说什么呢？

　　我沿着康德街走上去，心里仿佛坠上了一块石头。天空里交织着电线，眼前是一条条错综交叉的大街小街，街旁的电灯都亮起来了，一盏一盏沿着街引上去，极目处是半面让电灯照得晕红了起来的天空。我不知道柏林究竟有多大，我也不知道我现在在柏林的哪一部分。柏林是大海，我正在这大海里漂浮着，找一个比我自己还要渺小的表。我终于下意识地走到我那位在柏林住过两年的朋友的家里去，把两天来找表的经过说给他听。他显出很怀疑的神气，立刻领我出来，到康德街西半的一个表铺里去。离我刚才去过的那个铺子最少有二里路。拿出了收条，立刻把表领出来。一拿到表,我心里有说不出的感觉,我仿佛亲手捉到一个奇迹。我又沿了康德街走回家去。当我想到两天来演的这一幕小小的喜剧,想到那位诚挚的老头用手搔着发亮的头皮的神气的时候,对着这大海似的柏林,我自己笑起来了。

      1935 年 11 月 2 日于哥廷根

山中逸趣

《山中逸趣》描述了季羡林在每日饥肠辘辘、随时面临死亡威胁的险恶环境里,苦中寻乐,表现了他热爱自然、热爱生活、热爱和平的乐观主义精神。

作者先简单地写哥廷根的山,接着笔锋一转,详细描写树林,写林中四季。作者描述哥廷根山林的四季,其实是谱写了一首生命活力的颂歌。面对天天都在制造死亡的战争,他在高唱生命的赞歌。在饥饿的地狱中,在死亡的威胁下,能够提供安全感的山林,就成了躲避战祸的"世外桃源",这片他一到哥廷根就爱上的山林,此时不是更加可爱吗?

文章末尾,作者点出了他写本文的目的是告诉读者自己悟出的禅机:"我写这些东西的目的,是想说明,就是在那种极其困难的环境中,人生乐趣仍然是有的。在任何情况下,人生也绝不会只有痛苦,这就是我悟出的禅机。"这便是这篇文章的"豹尾"。1991年,八十岁的季羡林经历了人生的大起大落,即使在很困难的情况下,他也不失去希望,不放弃良知。他在黑暗中不放弃对光明的追求和希望——这才是人生的大智慧。

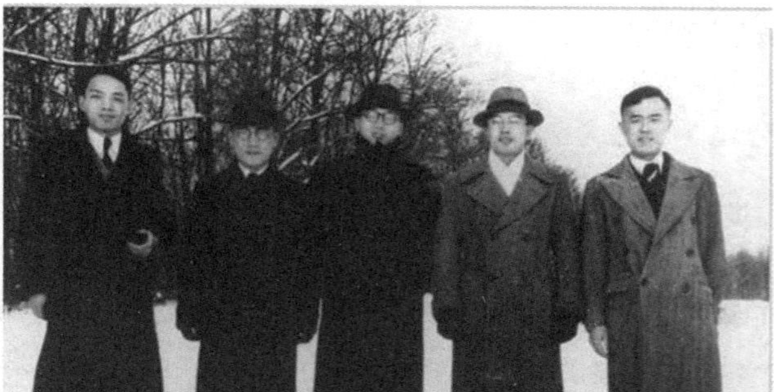

置身饥饿地狱中，上面又有建造地狱时还不可能有的飞机的轰炸，我的日子比地狱中的饿鬼还要苦上十倍。

然而，打一个比喻说，在英雄交响乐的激昂陈慨的乐声中，也不缺少像莫扎特的小夜曲似的情景。

哥廷根的山林就是小夜曲。

哥廷根的山不是怪石嶙峋的高山，这里土多于石，但是却又有山的气势。山顶上的俾斯麦塔高踞群山之巅，在云雾升腾时，在乱云中露出的塔顶，望之也颇有蓬莱仙山之概。

最引人入胜的不是山，而是林。这一片丛林究竟有多大，我住了十年也没能弄清楚，反正走几个小时也走不到尽头。林中主要是白杨和橡树，在中国常见的柳树、榆树、槐树等，似乎没有见过。更引人入胜的是林中的草地。德国冬天不冷，草几乎是全年碧绿。冬天雪很多，在白雪覆盖下，青草也没有睡觉，只要把上面的雪一扒拉，青翠欲滴的草立即显露出来。每到冬春之交时，有白色的小花，德国人管它叫"雪钟儿"，破雪而出，成为报春的象征。再过不久，春天就真的来到了大地上，林中到处开满了繁花，一片锦绣世界了。

到了夏天，雨季来临，哥廷根的雨非常多，从来没听说有什么旱情。本来已经碧绿的草和树木，现在被雨水一浇，更显得浓翠逼人。整个山林，连同其中的草地，都绿成一片，绿色仿佛塞满了寰中，涂满了天地，到处是绿，绿，绿，其他的颜色仿佛一下子都消逝了。雨中的山林，更别有一番风味。连绵不断的雨丝，同浓绿织在一起，形成一张神奇、迷茫的大网。我就常常孤身一人，不带什么伞，也不穿什么雨衣，在这一张覆盖天地的大网中，踽踽独行。除了周围的树木和脚底下的青草以外，仿佛什么东西都没有，我颇有佛祖释迦牟尼的感觉，"天上天下，唯我独尊"了。

一转入秋天，就到了哥廷根山林最美的季节。我曾在《忆章用》一文中描绘过哥城的秋色，受到了朋友的称赞，我索性抄在这里：

> 哥廷根的秋天是美的，美到神秘的境地，令人说不出，也根本想不到去说。有谁见过未来派的画没有？这小城东面的一片山林在秋天就是一幅未来派的画。你抬眼就看到一片耀眼的绚烂。只说黄色，就数不清有多少等级，从淡黄一直到接近棕色的深黄，参差地抹在一片秋林的梢上，里面杂了冬青树的浓绿，这里那里还点缀上一星星鲜红，给这惨淡的秋色涂上一片凄艳。

我想，看到上面这一段描绘，哥城的秋山景色就历历如在目前了。

一到冬天，山林经常为大雪所覆盖。由于温度不低，所以覆盖不会太久就融化了；又由于经常下雪，所以总是有雪覆盖着。上面的山林，一部分依然是绿的，雪下面的小草也仍旧碧绿。上下都有生命在运行着。哥廷根城的生命活力似乎从来没有停息过，即使是在冬天，情况也依然如此。等到冬天一转入春天，生命活力没有什么覆盖了，于是就彰明昭著地腾跃于天地之间了。

哥廷根的四时的情景就是这个样子。

从我来到哥城的第一天起,我就爱上了这山林。等到我堕入饥饿地狱,等到天上的飞机时时刻刻在散布死亡时,只要我一进入这山林,立刻在心中涌起一种安全感。山林确实不能把我的肚皮填饱,但是在饥饿时安全感又特别可贵。山林本身不懂什么饥饿,更用不着什么安全感。当全城人民饥肠辘辘,在英国飞机下心里忐忑不安的时候,山林却依旧郁郁葱葱,"依旧烟笼十里堤"。我真爱这样的山林,这里真成了我的世外桃源了。

我不知道有多少次,一个人到山林里来;也不知道有多少次,同中国留学生或德国朋友一起到山林里来。在我记忆中最难忘记的一次畅游,是同张维和陆士嘉在一起的。这一天,我们的兴致都特别高。我们边走,边谈,边玩,真正是忘路之远近。我们走呀,走呀,已经走到了我们往常走到的最远的界限;但在不知不觉之间就走越了过去,仍然一往直前。越走林越深,根本不见任何游人。路上的青苔越来越厚,是人迹少到的地方。周围一片寂静,只有我们的谈笑声在林中回荡,悠扬,遥远。远处在林深处听到枯叶上有窸窣的声音,抬眼一看,是几只受了惊的梅花鹿,瞪大了两只眼睛,看了我们一会,立即一溜烟似的逃到林子的更深处去了。我们最后走到了一个悬崖上,下临深谷,深谷的那一边仍然是无边无际的树林。我们无法走下去,也不想走下去,这里就是我们的天涯海角了。回头走的路上,遇到了雨。躲在大树下,避了一会雨。然而雨越下越大,我们只好再往前跑。出我们意料,竟然找到了一座木头凉亭,真是避雨的好地方。里面已经先坐着一个德国人。打了一声招呼，我们也就坐下，同是深林躲雨人，相逢何必曾相识。我们没有通名报姓，就上天下地胡谈一通，宛如故友相逢了。

  这一次畅游始终留在我的记忆里，至今难忘。山中逸趣，当然不止这一桩。大大小小，琐琐碎碎的事情，还可以写出一大堆来。我现在一律免掉。我写这些东西的目的，是想说明，就是在那种极其困难的环境中，人生乐趣仍然是有的。在任何情况下，人生也绝不会只有痛苦，这就是我悟出的禅机。

1991 年 5 月 11 日写毕

我的女房东

　　这篇文章记述了勤劳、善良、慈母般的德国劳动妇女欧朴尔太太，文字朴实无华却饱含深情。作者与女房东朝夕相处的十年，经历了第二次世界大战的艰苦岁月，这段岁月充满饥饿、战乱、危险和死亡，并非如歌的太平岁月，而作者笔下的文字却是在述说一个甜美的梦。

　　季羡林六岁离开父母寄居在叔父家中求学，十四岁丧父，二十二岁丧母。由于幼年缺少母爱，他有强烈的恋母情结。即使在母亲去世前的八年中，他也未能见母亲一面，这成了他终生的痛悔。在德国求学时，他多次梦见母亲，并哭醒。在这种境况中，欧普尔太太对他的关心体贴及无微不至的照顾，给了他巨大的心理慰藉。他们同甘苦、共患难，形同一对母子。

我在上面已经多次谈到我的女房东欧朴尔太太。

我在这里还要再集中来谈。

我不能不谈她。

我们共同生活了整整十年，共过安乐，也共过患难。在这漫长的时间内，她为我操了不知多少心，她确实像自己的母亲一样。回忆起她来，就像回忆一个甜美的梦。

她是一个平平常常的德国妇女。我初到的时候，她大概已有五十岁了，比我大二十五六岁。她没有多少惹人注意的特点，相貌平平常常，衣着平平常常，谈吐平平常常，爱好平平常常，总之是一个非常平常的人。

然而，同她相处的时间越久，便越觉得她在平常中有不平常的地方：她老实，她诚恳，她善良，她和蔼，她不会吹嘘，她不会撒谎。她也有一些小小的偏见与固执，但这些也都是平平常常的，没有什么越轨的地方；这只能增加她的人情味，而绝不能相反。同她相处，不必费心机，设提防，一切都自自然然，使人如处和暖的春风中。

她的生活是十分单调的、平凡的。她的天地实际上就只有她的家庭。中国有一句话说：妇女围着锅台转。德国没有什么锅台，只有煤气灶或电气灶。我的女房东也就是围着这样的灶转。每天一起床，先做早点，给她丈夫一份，给我一份，然后就是无尽无休地擦地板，擦楼道，擦大门外面马路旁边的人行道。地板和楼道天天打蜡，打磨得油光锃亮。楼门外的人行道，不光是扫，而且是用肥皂水洗。人坐在地上，绝不会沾上半点尘土。德国人爱清洁，闻名全球。德文里面有一个词儿 Putz Teufel，指打扫房间的洁癖，或有这样洁癖的女人。Teufel 的意思是"魔鬼",Putz 的意思是"打扫"。别的语言中好像没有完全相当的字,我看,我的女房东,同许多德国妇女一样,就是一个不折不扣的"清扫魔鬼"。

我在生活方面所有的需要,她一手包下来了。德国人生活习惯同中国人不同。早晨起床后,吃早点,然后去上班。十一点左右,吃自己带去的一片黄油夹香肠或奶酪的面包。下午一点左右吃午饭,这是一天的主餐,吃的都是热汤热菜,主食是土豆。下午四点左右,喝一次茶,吃点饼干之类的东西。晚上七时左右吃晚饭,泡一壶茶或者咖啡,吃凉面包、香肠、火腿、干奶酪等等。我是一个年轻的穷学生,一无时间,二无钱来摆这个谱儿。我还是中国老习惯,一日三餐。早点在家里吃,一壶茶,两片面包。午饭在外面馆子里或学生食堂里吃,都是热东西。晚上回家,女房东把他们中午吃的热餐给我留下一份。因此,我的晚餐也都是热汤热菜,同德国人不一样,这基本上是中国办法。这都是女房东在了解了中国人的吃饭习惯之后精心安排的。我每天在研究所里工作了一整天之后,回到家来,能够吃上一顿热乎乎的晚饭,心里当然是美滋滋的。对女房东这番情意,我是由衷地感激的。

晚饭以后,我就在家里工作。到了晚上十点左右,女房东进屋来,把我的被子铺好,把被罩拿下来,放到沙发上。这工作其实是非常简单的,我自己尽可以做。但是,女房东却非做不可,当年她儿子住这一间屋子时,她就是天天这样做的。铺好床以后,她就站在那里,同我闲聊。她把一天的经历,原原本本,详详细细,都向我"汇报"。她见了什么人,买了什么东西,碰到了什么事情,到过什么地方,一一细说,有时还绘声绘形,说得眉飞色舞。我无话可答,只能洗耳恭听。她的一些婆婆妈妈的事情,我并不感兴趣。但是,我初到德国时,听说德语的能力都不强。每天晚上上半小时的"听力课",对我大有帮助。我的女房东实际上成了我的不收费的义务教员。这一点我从来没有对她说,她也永远不会懂的。"汇报"完了以后,照例说一句"夜安!祝你愉快地安眠!"。我也说同样的话,然后她退出,回到自己的房间里。我把皮鞋放在门外,明天早晨,她把鞋擦亮。我这一天的活动就算结束了,上床睡觉。

其余许多杂活,比如说洗衣服、洗床单、准备洗澡水等等,无不由女房东去干。德国被子是鸭绒的,鸭绒没有被固定起来,在被套里面享有绝对的自由活动的权利。我初到德国时,很不习惯,睡下以后,在梦中翻两次身,鸭绒就都活动到被套的一边去,这里绒毛堆积如山,而另一边则只剩下两层薄布,当然就不能御寒,我往往被冻醒。我向女房东一讲,她笑得眼睛里直流泪。她于是细心教我使用鸭绒被的方法。我就像一个小孩子一样,在她的照顾下愉快地生活。

她的家庭看来是非常和睦的,丈夫忠厚老实,一个独生子不在家。老夫妇俩对儿子爱如掌上明珠。我记得,有一段时间,老头月月购买哥廷根的面包和香肠,打起包裹,送到邮局,寄给在达姆施塔特(Darmstadt)高工念书的儿子。老头腿有点毛病,走路一瘸一拐,很不灵便;虽然拿着手杖,仍然非常吃力。可他不辞辛苦,月月如此。后来老夫妇俩出去度假,顺便去看儿子。到儿子的住处大学生宿舍里去,一瞥间,他们看到老头千辛万苦寄来的面包和香肠,却发了霉,干瘪瘪地躺在桌子下面。老头怎样想,不得而知。老太太回家后,在晚上向我"汇报"时,絮絮叨叨地讲到这件事,说她大为吃惊。但是,奇怪的是,老头还是照样拖着两条沉重的腿,把面包和香肠寄走。我不禁想到,"可怜天下父母心",古今中外之所同。然而儿女对待父母的态度,东西方却不大相同了。章太太的男房东可以为证。我并不提倡愚忠愚孝。但是,即使把父母与子女之间的关系,化为一般人与人之间的关系,像房东儿子的做法不也是有点过分了吗?

女房东心里也是有不平的。

儿子结了婚,住在外城,生了一个小孙女。有一次,全家回家来探望父母。儿媳长得非常漂亮,衣着也十分摩登。但是,女房东对她好像并不热情,对小孙女也并不宠爱。儿媳是年轻人,对好多事情有点马大哈,从中也可以看出德国两代人之间的"代沟"。有一天,儿媳使用手纸过多,把马桶给堵塞了。老太太非常不满意,拉着我到卫生间指给我看,脸上露出了许多怪相,有愤怒,有轻蔑,有不满,有憎怨。此事她当然不能对儿子讲,连丈夫大概也没有敢讲,茫茫宇宙间,她只有对我一个人诉说不平了。

女房东也是有偏见的。

关于戴帽子的偏见,我在上面已经谈过了,这里不再重复。她的偏见不只限于这一点,而且最突出的也不是这一件事。最突出的是宗教偏见。她自己信奉的是耶稣教,对天主教怀有莫名其妙的刻骨的仇恨。世界各地区各民族都毫无例外的有宗教偏见，这种偏见比任何其他偏见都更偏见。欧洲耶稣基督教新旧两派之间的偏见，也是异常突出的。我的女房东没有很高的文化，她的偏见也因而更固执。但她偏偏碰到一个天主教的好人。女房东每个月要雇人洗一次衣服、床单等等。承担这项工作的是一个天主教的老处女，年纪比女房东还要大，总有六十多岁了。她没有财产，没有职业，就靠帮人洗衣服为生。人非常老实，一天说不了几句话，却是一个十分虔诚的信徒，每月的收入，除了维持极其简朴的生活以外，全都交给教堂。她大概希望百年之后能够在虚无缥缈的天堂里占一个角落吧。女房东经常对我说："特雷莎（Theresse）忠诚得像黄金一样！"特雷莎是她的名字。但是，忠诚归忠诚，一提到宗教，女房东就愤愤不平，晚上向我"汇报"时，对她也时有微词，具体的例子却从来没有听说过。

　　我的女房东就是这样一个有不平，有偏见，有自己的与宇宙大局、世界大局和国家大局无关的小忧愁、小烦恼，这样那样的特点的平平常常的人，却是一个心地善良、厚道，不会玩弄任何花招的平常人。

　　她的一生也是颇为坎坷的，走的并非都是阳关大道。据她自己说，第一次世界大战前，德国人家里普遍都有金子，她家里也一样。大战一结束，德国发了疯似的通货膨胀，把她的一点点黄金都膨胀光了，成了无金阶级。到了第二次世界大战，她只是靠工资过日子。她对政治不感兴趣，她从来不赞扬希特勒，当然更不懂去反对他。由于种族偏见，犹太人她是反对的，但也说不上"积极分子"，只是随大流而已。她在乡下没有关系户，食品同我一样短缺。在大战中间，她丈夫饿得从一个大胖子变成一个瘦子，终于离开了人世。老两口一生和睦相处，我从来没有听到他们俩拌过嘴，吵过架。老头一死，只剩下她孤零一人。儿子极少回来，屋子里空荡荡的。她心里是什么滋味，我不知道。从表面上来看，她只能同我这一个异邦的青年相依为命了。

战争到了接近尾声的时候，日子越来越难过。不但食品短缺，连燃料也无法弄到。哥廷根市政府抚顺民情，决定让居民到山上去砍伐树木。在这里也可以看到德国人办事之细致、之有条不紊、之遵守法纪。政府工作人员在茫茫的林海中画出了一个可以砍伐的地区，把区内的树逐一检查，可以砍伐者画上红圈。砍伐没有红圈的树，要受到处罚。女房东家里没有劳动力，我当然当仁不让，陪她上山，砍了一天树，运下山来，运到一个木匠家里，用机器截成短段，然后运回家来，贮存在地下室里，供取暖之用。由于那一个木匠态度非常坏，我看不下去，同他吵了一架。他过后到我家来，表示歉意。我觉得，这不过是小事一端，一笑置之而已。

我的女房东是一个平常人，当然不能免俗。当年德国社会中非常重视学衔，说话必须称呼对方的头衔。对方是教授，必须呼之为"教授先生"；对方是博士，必须呼之为"博士先生"。不这样，就显得有点不礼貌。女房东当然不会是例外。我通过了博士口试以后，当天晚上"汇报"时，她突然笑着问说："我从今以后是不是要叫你'博士先生'？"我真是大吃一惊，是我万万没有想到的。我连忙说："完全没有必要！"她也不再坚持，仍然照旧叫我"季先生"，我称她为"欧朴尔太太",相安无事。

　　一想到我的母亲般的女房东,我就回忆联翩。在漫长的十年中,我们晨夕相处,从来没有任何矛盾。值得回忆的事情实在太多了;即使回忆困难时期的情景,这回忆也仍然是甜蜜的。这些回忆一时是写不完的,因此我也就不再写下去了。

　　离开德国以后,在瑞士停留期间,我曾给女房东写过几次信。回国以后,在北平,我费了千辛万苦,弄到了一罐美国咖啡,大喜若狂。我知道,她同许多德国人一样,嗜咖啡若命。我连忙跑到邮局,把邮包寄走,期望它能越过千山万水,送到老太太手中,让她在孤苦伶仃的生活中获得一点喜悦。我不记得收到了她的回信。到了50年代,"海外关系"成了十分危险的东西。我再也不敢写信给她,从此便云天渺茫,互不相闻。正如杜甫所说的"明日隔山岳,世事两茫茫"了。

　　1983年,在离开哥廷根将近四十年之后,我又回到了我的第二故乡。我特意挤出时间,到我的故居去看了看。房子整洁如故,四十年漫长岁月的痕迹一点儿也看不出来。我走上三楼,我的住房门外的铜牌上已经换了名字。我也无从打听女房东的下落,她恐怕早已离开了人世,同她丈夫一起,静卧在公墓的一个角落里。我回首前尘,百感交集。人生本来就是这样,我有什么办法呢?我只有虔心祷祝她那在天之灵——如果有的话——永远安息。

1991年5月11日写毕

迈耶一家

《迈耶一家》选自于1991年5月11日完稿的《留德十年》一书。这篇文章透露了他与德国姑娘伊姆加德的一段没有结果的异国恋情。使这两个异国青年走到一起的是人之本性，而将他们分开的则是季羡林对家庭的责任感和传统道德。季承在《我和父亲季羡林》一书中说："这恐怕是父亲的第一次真正的恋爱，也可以说是初恋。可结果如何呢？伊姆加德一边替父亲打字，一边劝父亲留下来。父亲怎么不想留下来与她共组家庭，共度幸福生活呢？当时，父亲还有可能就聘去英国教书，可以把伊姆加德带去在那里定居。可是经过慎重的考虑，父亲还是决定把这扇已经打开的爱情之门关起来……"

虽然季羡林选择了离开，但他从未忘记伊姆加德。20世纪80年代，他率团访问联邦德国，曾到老地方寻访，但没能找到她。2001年他九十岁生日的时候，竟意外地收到一份来自万里之外的珍贵礼物——伊姆加德的贺卡和她八十岁时的照片。伊姆加德在来信中遗憾地告诉季羡林，她因年事已高，已不能漂洋过海来看望他了！

迈耶一家同我住在一条街上，相距不远。我现在已经记不清楚，我是怎样认识他们的。可能是由于田德望住在那里，我去看田，从而就认识了。田走后，又有中国留学生住在那里，三来两往，就成了熟人。

他们家有老夫妇俩和两个如花似玉的女儿。老头同我的男房东欧朴尔先生非常相像，两个人原来都是大胖子，后来饿瘦了。脾气简直是一模一样，老实巴交，不会说话，也很少说话。在人多的时候，呆坐在旁边，一言不发，脸上却总是挂着憨厚的微笑。这样的人，一看就知道，他绝不会撒谎、骗人。他也是一个小职员，天天忙着上班、干活。后来退休了，整天待在家里，不大出来活动。家庭中执掌大权的是他的太太。她同我的女房东年龄差不多，但是言谈举动，两人却不大一样。迈耶太太似乎更活泼，更能说会道，更善于应对进退，更擅长交际。据我所知，她待中国学生也是非常友好的，住在她家里的中国学生同她关系都处得非常好。她也是一个典型的德国妇女，家庭中一切杂活她都包了下来。她给中国学生做的事情，同我的女房东一模一样。我每次到她家去，总看到她忙忙碌碌，里里外外连轴转。但她总是喜笑颜开，我从来没有看到她愁眉苦脸过。他们家是一个非常愉快美满的家庭。

我同他们家来往比较多，还有另外一个原因。在我写作博士论文的那几年中，我用德文写成稿子，在送给教授看之前，必须用打字机打成清稿；而我自己既没有打字机，也不会打字。因为屡次反复修改，打字量是非常大的。适逢迈耶家的大小姐伊姆加德（Irmgard）能打字，又自己有打字机,而且她还愿意帮我打。于是,有很长的一段时间,我几乎天天晚上到她家去。因为原稿改得太乱,而且论文内容稀奇古怪,对伊姆加德来说,简直像天书一般。因此,她打字时,我必须坐在旁边,以备咨询。这样往往工作到深夜,我才摸黑回家。

我考试完结以后,打论文的任务完全结束了。但是,在我仍然留在德国的四五年间,我自己又写了几篇论文,所以一直到我于1945年离开德国时,还经常到伊姆加德家里去打字。她家里有什么喜庆日子,招待客人吃点心、喝茶,我必被邀请参加。特别是在她生日的那一天,我一定去祝贺。她母亲安排座位时,总让我坐在她旁边。此时,留在哥廷根的中国学生越来越少,以前星期日总在席勒草坪会面的几个好友都已走了。我一个人形单影只,寂寞之感,时来袭入。我也乐得到迈耶家去享受一点友情之乐,在战争喧闹声中,寻得一点清静。这在当时是非常难能可贵的。至今记忆犹新,恍如昨日。

在这样的情况下,我离开迈耶一家,离开伊姆加德,心里是什么滋味,完全可以想象。1945年9月24日,我在日记里写道:

吃过晚饭,七点半到Meyer家去,同Irmgard打字。她劝我不要离开德国。她今天晚上特别活泼可爱,我真有点舍不得离开她。但又有什么办法?像我这样一个人不配爱她这样一个美丽的女孩子。

同年10月2日，在我离开哥廷根的前四天，我在日记里写道：

> 回到家来，吃过午饭，校阅稿子。三点到 Meyer 家，把稿子打完。Irmgard 只是依依不舍，令我不知怎样好。

日记是当时的真实记录，不是我今天的回想，是代表我当时的感情，不是今天的感情。我就是怀着这样的感情离开迈耶一家，离开伊姆加德的。到了瑞士，我同她通过几次信，回国以后，就断了音信。说我不想她，那不是真话。1983年，我回到哥廷根时，曾打听过她，当然是杳如黄鹤。如果她还留在人间的话，恐怕也将近古稀之年了。而今我已垂垂老矣。世界上还能想到她的人恐怕不会太多。等到我不能想到她的时候，世界上能想到她的人，恐怕就没有了。

1991年5月11日写毕

重返哥廷根

1980年11月4日至15日,季羡林率中国社会科学院代表团赴联邦德国参观访问,在哥廷根拜会了恩师瓦尔德施米特,并由瓦尔德施米特的接班人H. Bechert教授陪同,应聘为哥廷根科学院《新疆吐鲁番出土的佛典的梵文词典》顾问。

《重返哥廷根》这篇文章,是在出访途中开始写的,完成于七年之后,描述作者重访第二故乡哥廷根时的所见所思,是季羡林怀旧散文的代表作。在前往哥廷根的列车上,季羡林浮想联翩。他如同做梦,心潮难平。然而,当他踏上这块热土时,却是"江山如旧,人物全非"。激动、兴奋、遗憾之情交织在一起。与导师瓦尔德施米特夫妇的重逢是文章的高潮。这位老师的健在给作者以巨大的安慰。文章的结尾段又是在火车上,是在离开哥廷根的火车上。眼前又是面影迷离,不过比来时清晰了许多。尤其那个塑像一样的面影,永远矗立在作者的心里。故事首尾呼应,完成了一次凄清的访旧之旅。

我真是万万没有想到,经过了三十五年的漫长岁月,我又回到这个离祖国几万里的小城里来了。

我坐在从汉堡到哥廷根的火车上,我简直不敢相信这是事实。难道是一个梦吗?我频频问着自己。这当然是非常可笑的,这毕竟就是事实。我脑海里印象历乱,面影纷呈。过去三十多年来没有想到的人,想到了;过去三十多年来没有想到的事,想到了。我那一些尊敬的老师,他们的笑容又呈现在我眼前。我那像母亲一般的女房东,她那慈祥的面容也呈现在我眼前。那个宛宛婴婴的女孩子伊姆加德也在我眼前活动起来。那窄窄的街道、街道两旁的铺子、城东小山的密林、密林深处的小咖啡馆、黄叶丛中的小鹿,甚至冬末春初时分从白雪中钻出来的白色小花雪钟,还有很多别的东西,都一齐争先恐后地呈现到我眼前来。霎时,影像纷乱,我心里也像开了锅似的激烈地动荡起来了。

火车一停,我飞也似的跳了下去,踏上了哥廷根的土地。忽然有一首诗涌现出来:

少小离家老大回,
乡音无改鬓毛衰。
儿童相见不相识,
笑问客从何处来。

怎么会涌现这样一首诗呢?我一时有点茫然、懵然。但又立刻意识到,这一座只有十来万人的异域小城,在我的心灵深处,早已成为我的第二故乡了。我曾在这里度过整整十年,是风华正茂的十年。我的足迹印遍了全城的每一寸土地。我曾在这里快乐过、苦恼过、追求过、幻灭过、动摇过、坚持过。这一座小城实际上决定了我一生要走的道路。这一切都不可避免地要在我的心灵上打上永不磨灭的烙印。我在下意识中把它看作第二故乡,不是非常自然的吗?

我今天重返第二故乡,心里面思绪万端,酸甜苦辣,一齐涌上心头。感情上有一种莫名其妙的重压,压得我喘不过气来,似欣慰,似惆怅,似追悔,似向往。小城几乎没有变。市政厅前广场上矗立的有名的抱鹅女郎的铜像,同三十五年前一模一样。一群鸽子仍然像从前一样在铜像周围徘徊,悠然自得。说不定什么时候一声呼哨,飞上了后面大礼拜堂的尖顶。我仿佛昨天才离开这里,今天又回来了。我们走进地下室,到地下餐厅去吃饭。里面陈设如旧,座位如旧,灯光如旧,气氛如旧。连那年轻的服务员也仿佛是当年的那一位。我仿佛昨天晚上才在这里吃过饭。广场周围的大小铺子都没有变。那几家著名的餐馆,什么"黑熊""少爷餐厅"等等,都还在原地。那两家书店也都还在原地。总之,我看到的一切都同原来一模一样。我真的离开这座小城已经三十五年了吗?

但是,正如中国古人所说的,江山如旧,人物全非。环境没有改变,然而人物却已经大大地改变了。我在火车上回忆到的那一些人,有的如果还活着的话,年龄已经过了一百岁。这些人的生死存亡就用不着去问了。那些计算起来还没有这样老的人,我也不敢贸然去问,怕从被问者的嘴里听到我不愿意听的消息。我只绕着弯子问上那么一两句,得到的回答往往不得要领,模糊得很。这不能怪别人,因为我的问题就模糊不清。我现在非常欣赏这种模糊,模糊中包含着希望。可惜就连这种模糊也不能完全遮盖住事实。结果是:

访旧半为鬼,
惊呼热中肠。

我只能在内心里用无声的声音来惊呼了。

在惊呼之余,我仍然坚持怀着沉重的心情去访旧。首先我要去看一看我住过整整十年的房子。我知道,我那母亲般的女房东欧朴尔太太早已离开了人世。但是房子却还存在。那一条整洁的街道依旧整洁如新。从前我经常看到一些老太太用肥皂来洗刷人行道,现在这人行道仍然像是刚才洗刷过似的,躺下去打一个滚,绝不会沾上一点尘土。街拐角处那一家食品商店仍然开着,明亮的大玻璃窗子里面陈列着五光十色的食品。主人却不知道已经换了第几代了。我走到我住过的房子外面,抬头向上看,看到三楼我那一间房子的窗户,仍然同以前一样摆满了红红绿绿的花草,当然不是出自欧朴尔太太之手。我蓦地一阵恍惚,仿佛我昨晚才离开,今天又回家来了。我推开大门,大步流星地跑上三楼。我没有用钥匙去开门,因为我意识到,现在里面住的是另外一家人了。从前这座房子的女主人恐怕早已安息在什么墓地里了,陌上大概也栽满了玫瑰花吧。我经常梦见这所房子,梦见房子的女主人,如今却是人去楼空了。我在这里度过的十年中,有愉快,有痛苦,经历过轰炸,忍受过饥饿。男房东逝世后,我多次陪着女房东去扫墓。我这个异邦的青年成了她身边的唯一的亲人。无怪我离开时她号啕痛哭。我回国以后,最初若干年,还经常通信。后来时移事变,就断了联系。我曾痴心妄想,还想再见她一面。而今我确实又来到了哥廷根,然而她却再也见不到,永远永远地见不到了。

我徘徊在当年天天走过的街头。这里什么地方都有过我的足迹。家家门前的小草坪上依然绿草如茵。今年冬雪来得早了一点。十月中,就下了一场雪。白雪、碧草、红花,相映成趣。鲜艳的花朵赫然傲雪怒放,比春天和夏天似乎还要鲜艳。我在一篇短文《海棠花》里描绘的那海棠花依然威严地站在那里。我忽然回忆起当年的冬天,日暮天阴,雪光照眼,我扶着我的吐火罗文和吠陀语老师西克教授,慢慢地走过十里长街。心里面感到凄清,但又感到温暖。回到祖国以后,每当下雪的时候,我便想到这一位像祖父一般的老人。回首前尘,已经有四十多年了。

我也没有忘记当年几乎每一个礼拜天都到的席勒草坪。它就在小山下面,是进山必由之路。当年我常同中国学生或者德国学生,在席勒草坪散步之后,就沿着弯曲的山径走上山去。曾登上俾斯麦塔,俯瞰哥廷根全城;曾在小咖啡馆里流连忘返;曾在大森林中茅亭下躲避暴雨;曾在深秋时分惊走觅食的小鹿,听它们脚踏落叶一路窸窸窣窣地逃走。甜蜜的回忆是写也写不完的。今天我又来到这里。碧草如旧,亭榭犹新。但是当年年轻的我已颓然一翁,而旧日游侣早已荡若云烟,有的离开了这个世界,有的远走高飞,到地球的另一半去了。此情此景,人非木石,能不感慨万端吗?

　　我在上面讲到江山如旧,人物全非。幸而还没有真正地全非。几十年来我昼思夜想最希望还能见到的人,最希望他们还能活着的人,我的"博士父亲",瓦尔德施米特教授和夫人居然还都健在。教授已经是八十三岁高龄,夫人比他寿更高,是八十六岁。一别三十五年,今天重又会面,真有相见翻疑梦之感。老教授夫妇显然非常激动,我心里也如波涛翻滚,一时说不出话来。我们围坐在不太亮的电灯光下,杜甫的名句一下子涌上我的心头:

　　　　人生不相见,
　　　　动如参与商。
　　　　今夕复何夕?
　　　　共此灯烛光。

　　四十五年前我初到哥廷根我们初次见面,以及以后长达十年相处的情景,历历展现在眼前。那十年是剧烈动荡的十年,中间插上了一个第二次世界大战,我们没有能过上几天好日子。最初几年,我每次到他们家去吃晚饭时,他那个十几岁的独生儿子都在座。有一次教授同儿子开玩笑:"家里有一个中国客人,你明天到学校去又可以张扬吹嘘一番了。"哪里知道,大战一爆发,儿子就被征从军,一年冬天,战死在北欧战场上。这对他们夫妇俩的打击,是无法形容的。不久,教授也被征从军。他心里怎样想,我不好问,他也不好说,看来是默默地忍受痛苦。他预订了剧院的票,到了冬天,剧院开演,他不在家,每周一次陪他夫人看戏的任务,就落到我肩上。深夜,演出结束后,我要走很长的道路,把师母送到他们山下林边的家中,然后再摸黑走回自己的住处。在很长的时间内,他们那一座漂亮的三层楼房里,只住着师母一个人。

他们的处境如此,我的处境更要糟糕。烽火连年,家书亿金。我的祖国在受难,我的全家老老小小在受难,我自己也在受难。中夜枕上,思绪翻腾,往往彻夜不眠。而且头上有飞机轰炸,肚子里没有食品充饥。做梦就梦到祖国的花生米。有一次我下乡去帮助农民摘苹果,报酬是几个苹果和五斤土豆。回家后一顿就把五斤土豆吃了个精光,还并无饱意。

大概有六七年的时间,情况就是这个样子。我的学习、写论文、参加口试、获得学位,就是在这种情况下进行的。教授每次回家度假,都听我的汇报,看我的论文,提出他的意见。今天我会的这一点点东西,哪一点不包含着教授的心血呢?不管我今天的成就还是多么微小,如果不是他怀着毫不利己的心情对我这一个素昧平生的异邦的青年加以诱掖教导的话,我能够有什么成就呢?所有这一切我能够忘记得了吗?

现在我们又会面了。会面的地方不是在我所熟悉的那一所房子里，而是在一所豪华的养老院里。别人告诉我，他已经把房子赠给哥廷根大学印度学和佛教研究所，把汽车卖掉，搬到这一所养老院里来了。院里富丽堂皇，应有尽有，健身房、游泳池，无不齐备。据说，饭食也很好。但是，说句不好听的话，到这里来的人都是七老八十的人，多半行动不便。对他们来说，健身房和游泳池实际上等于聋子的耳朵。他们不是来健身，而是来等死的。头一天晚上还在一起吃饭、聊天，第二天早晨说不定就有人见了上帝。一个人生活在这样的环境中，心情如何，概可想见。话又说了回来，教授夫妇孤苦伶仃，不到这里来，又到哪里去呢？

　　就是在这样一个地方，教授又见到了自己几十年没有见面的弟子。他的心情是多么激动，又是多么高兴，我无法加以描绘。我一下汽车就看到在高大明亮的玻璃门里面，教授端端正正地坐在圈椅上。他可能已经等了很久，正望眼欲穿哩。他瞪着慈祥昏花的双目瞧着我，仿佛想用目光把我吞了下去。握手时，他的手有点颤抖。他的夫人更是老态龙钟，耳朵聋，头摇摆不停，同三十多年前完全判若两人了。师母还专为我烹制了当年我在她家常吃的食品。两位老人齐声说："让我们好好地聊一聊老哥廷根的老生活吧！"他们现在大概只能用回忆来填充日常生活了。我问老教授还要不要中国关于佛教的书，他反问我："那些东西对我还有什么用呢？"我又问他正在写什么东西。他说："我想整理一下以前的旧稿；我想，不久就要打住了！"从一些细小的事情上来看，老两口的意见还是有一些矛盾的。

看来这相依为命的一双老人的生活是阴沉的、郁闷的。在他们前面，正如鲁迅在《过客》中所写的那样："前面？前面，是坟。"

我心里陡然凄凉起来。老教授毕生勤奋，著作等身，名扬四海，受人尊敬，老年就这样度过吗？我今天来到这里，显然给他们带来了极大的快乐。一旦我离开这里，他们又将怎样呢？可是，我能永远在这里待下去吗？我真有点依依难舍，尽量想多待些时候。但是，千里凉棚，没有不散的筵席。我站起来，想告辞离开。老教授带着乞求的目光说："才十点多钟，时间还早嘛！"我只好重又坐下。最后到了深夜，我狠了狠心，向他们说了声："夜安！"站起来，告辞出门。老教授一直把我送下楼，送到汽车旁边，样子是难舍难分。此时我心潮翻滚，我明确地意识到，这是我们最后一面了。但是，为了安慰他，或者欺骗他，也为了安慰我自己，或者欺骗我自己，我脱口说了一句话："过一两年，我再回来看你！"声音从自己嘴里传到自己耳朵，显得空荡、虚伪，然而却又真诚。这真诚感动了老教授，他脸上现出了笑容："你可是答应了我了，过一两年再回来！"我还有什么话好说呢？我噙着眼泪，钻进了汽车。汽车开走时，回头看到老教授还站在那里，一动也不动，活像是一座塑像。

过了两天，我就离开了哥廷根。我乘上了一列开到另一个城市去的火车。坐在车上，同来时一样，我眼前又是面影迷离，错综纷杂。我这两天见到的一切人和物，一一奔凑到我的眼前来，只是比来时在火车上看到的影子清晰多了、具体多了，在这些迷离错乱的面影中，有一个特别清晰、特别具体、特别突出，它就是我在前天夜里看到的那一座塑像。愿这一座塑像永远停留在我的眼前，永远停留在我的心中。

1980年11月在联邦德国开始
1987年10月在北京写完

初抵德里

1978年3月7日至23日，应印度柯棣华大夫纪念委员会的邀请，以王炳南为团长的中国人民对外友好协会代表团途经巴基斯坦访问印度，季羡林是代表团成员。这是他第三次来到印度。

他前两次来访是在20世纪50年代，第一次是1951年，参加中国文化代表团访问印度，受到隆重热烈的欢迎；第二次是1955年4月，作为中国代表团成员，前往印度出席亚洲国家会议。这两次，代表团在印度的参观访问时间加起来超过两个月。

季羡林作为研究印度学的学者，对印度的历史与现实情况应该说是十分熟悉的。可是，经过了二十多年时间，中印两国关系经历了风风雨雨，发生过令两国人民都不愉快的事。因此，当季羡林再次到达德里的时候，心里难免有几分疑虑、几分忐忑、几分陌生感。季羡林作为先遣人员深夜抵达住进大使馆，心情虽逐渐放松，但与外界缺乏沟通，疑虑并未完全消除。直到王炳南结束对孟加拉国的访问飞抵德里，季羡林在机场发现二十七年前的旧景重现，才彻底打消了自己的疑虑。他因而坚信：中印两国人民既古老又崭新的友谊是永恒的，是我们两个民族的"大义"。《初抵德里》这篇文章，就是描写他的心情变化的。

机外是茫茫的夜空,从机窗里看出去,什么东西也看不见。黑暗仿佛凝结了起来,凝成了一个顶天立地的黑色的大石块。飞机就以每小时两千多里的速度向前猛冲。

但是,在机下二十多里的黑暗的深处,逐渐闪出了几星火光,稀疏、暗淡,像是寥落的晨星。一转眼间,火光大了起来,多了起来,仿佛寥落的晨星一变而为夏夜的繁星。这一大片繁星像火红的珍珠,有的错落重叠,有的成串成行,有的方方正正,有的又形成了圆圈,像一大串火红的珍珠项链。

我知道,德里到了。

德里到了,我这一次远游的目的地到了。我有点高兴,但又有点紧张,心里像开了锅似的翻腾起来。我自己已经有二十三年的时间没有到印度来了,中间又经历了一段对中印两国人民来说都是不愉快的时期。虽然这一点小小的不愉快在中印文化交流的长河中只能算是一个泡沫,虽然我相信我们的印度朋友绝不会为这点小小的不愉快所影响,但是到了此时此刻,当我们乘坐的飞机就要降落到印度土地上的时候,我脑筋里的问号一下子多了起来。印度人民现在究竟想些什么呢?我不知道。他们怎样看待中国人民呢?我不知道。我本来认为非常熟悉的印度,一下子陌生起来了。

这不是我第一次访问印度,我以前已经来过两次了。即使我现在对印度似乎感到陌生,即使我对将要碰到的事情感到有点没有把握,但是我对过去的印度是很熟悉的,对过去已经发生的事情是很有把握的。

我第一次到印度来,已经是二十七年前的事情了。同样乘坐的是飞机,但却不是从巴基斯坦起飞,而是从缅甸;

第一站不是新德里，而是加尔各答；不是在夜里，而是在白天。因此，我从飞机上看到的不是黑暗的夜空，而是绿地毯似的原野。当时飞机还不能飞得像现在这样高，机下大地上的一切都历历如在目前。河流交错，树木蓊郁，稻田棋布，小村点点，好一片锦绣山河。有时甚至能看到在田地里劳动的印度农民，虽然只像一个小点，但却清清楚楚，连妇女们穿的红绿纱丽都清晰可见。我虽然还没有踏上印度土地，但却似乎已经熟悉了印度，印度对于我已经不陌生了。

不陌生中毕竟还是有点陌生。一下飞机，我就吃了一惊。机场上人山人海，红旗如林。我们伸出去的手握的是一双双温暖的手。我们伸长的脖子戴的是一串串红色、黄色、紫色、绿色的鲜艳的花环。我这一生还是第一次戴上这样多的花环。花环一直戴到遮住我的鼻子和眼睛，各色的花瓣把我的衣服也染成各种颜色。有人又向我的双眉之间、双肩之上，涂上、洒上香油，芬芳扑鼻的香气长时间地在我周围飘浮。花香和油香汇成了一个终生难忘的印象。

即使是终生难忘吧，反正是已经过去的事了。我第二次到印度来只参加了一个国际会议，不算是印度人民的客人。停留时间短，访问地区小，同印度人民接触不多，没有多少切身的感受。现在我又来到了印度。时间隔得长，中间又几经沧桑，世局多变。印度对于我就成了一个谜一样的国家。我对于印度曾有过一段从陌生到熟悉的过程，现在又从熟悉转向陌生了。

我就是带着这样一种陌生的感觉走下了飞机。因为我们是先遣队，印度人民不知道我们已经来了，因此不会到机场上来欢迎我们,我们也就无从验证他们对我们的态度。我们在冷冷清清的气氛中随着我们驻印度使馆的同志们住进了那花园般的美丽的大使馆。

我们的大使馆确实非常美丽。庭院宽敞,楼台壮丽,绿草如茵,繁花似锦。我们安闲地住了下来,每天一大早,起来到院子里去跑步或者散步。从院子的一端到另一端恐怕有一两千米。据说此地原是一片密林。林子里有狼,有蛇,有猴子,也有孔雀。最近才砍伐了密林,清除了杂草,准备修路盖房子。有几家修路的印度工人就住在院子的一个角落。我们散步走到那里,就看到他们在草地上生上炉子,煮着早饭,小孩子就在火旁游戏。此外,还有几家长期甚至几代在中国使馆工作的印度清扫工人、养花护草工人,见到我们,彼此就互相举手致敬。最使我感兴趣的是一对孔雀。它们原来是住在那一片密林中的,密林清除以后,它们无家可归,夜里不知道住在什么地方,可是每天早晨,还飞回使馆来,或者栖息在高大的开着红花的木棉树上或者停留在一座小楼的阳台上;见到我们,仿佛吃了一惊,连忙拖着沉重的身体缓慢地飞到楼上,一转眼,就不见了。但是,当我们第二天跑步或散步到那里的时候,又看到它们蹲在小楼的栏杆上了。

日子就这样悠闲地过去。我们的团长在访问了孟加拉国之后终于来到德里。当我到飞机场去迎接他们的时候,我的心情仍然是非常悠闲的,我丝毫也没有就要紧张起来的思想准备。但是,一走近机场,我眼前一下子亮了起来:二十七年前在加尔各答机场的情景又出现在眼前了。二十七年好像只是一刹那,中间那些沧海桑田,那些多变的世局,好像从来没有出现过。我看到的是高举红旗的印度青年,一个劲地高喊"印中是兄弟"的口号。恍惚间,仿佛有什么人施展了仙术,让我一下子返回到二十七年以前去。我心里那些对印度从陌生到熟悉又从熟悉到陌生的感觉顿时涣然冰释。我多少年来向往的印度不正是眼前的这个样子吗?

　　因为飞机误了点,我们在贵宾室里待的时间就长了起来。这让我非常高兴,我可以有机会同迎接中国代表团的印度朋友们尽兴畅叙。朋友中有旧知,也有新交。对旧知是"有朋自远方来,不亦乐乎",对新交是"乐莫乐兮新相知"。各有千秋,各极其妙。但是,站在机场外面的印度人民,特别是德里大学和尼赫鲁大学的教师和学生,也不时要求我们出去见面。当然又是戴花环,又是涂香油。一回到贵宾室,印度的新闻记者、日本的新闻记者,还有一些不知道从哪儿来的新闻记者,以及电台录音记者、摄影记者,又一拥而上,相机重重,镁光闪闪,一个个录音喇叭伸向我们嘴前,一团热烈紧张的气氛。刚才在汽车上还保留的那种悠闲自在的心情一下子消逝得无影无踪了。对我来说,这真好像是一场遭遇战,然而这又是多么愉快而兴奋的遭遇战啊!回想几天前从巴基斯坦乘飞机来印度时那种狐疑犹豫的心情,简直觉得非常好笑了。我的精神一下子抖擞起来,投入了十分紧张、十分兴奋、十分动人、十分愉快的对印度的正式的访问。

1979 年 10 月

德里风光

　　季羡林的《德里风光》一文讲述了他第一次访问印度时下榻的印度总统府、两处古建筑红堡和库图布高塔以及德里大学的情况。德里名胜古迹很多，这四个景点具有一定的代表性。

　　描写德里的风光，作者是见物更见人的。作为中国人民的友好使者，他最关心、最难忘怀的还是印度人民对中国人民的友好感情。写到德里大学学生们一双双温暖的手、一双双热情的眼睛，文章进入了高潮。当然，友情是没有形体、没有颜色的，只能用心去感受。他的确感受到了，感受到沉甸甸的分量。这极重极重的友情贮藏在作者的内心深处，又通过作者的笔，传达到你我的心里。

在印度，德里不是最古的城，也不是最美的城。但它却是一个很有个性的城。游过一次，终生难忘。

而我游德里，不是一次，是三次。

第一次是在新中国成立初期。我当时被招待住在总统府内，这是一座红砂石垒成的建筑。从下面乘车走上去，经过一片开阔的草地和马路，至少有三四里路，两旁也都是一座座宫殿式的建筑。走到尽头，一座规模极大的建筑矗立在眼前，宏伟巍峨，气势逼人。印度古代神话中吉罗娑神山顶上的神仙宫阙，大概也不外就是这个样子，这就是印度的总统府。

德里的名胜古迹，当然不限于总统府。从古迹的角度来看，总统府是算不上数的。你如果问一个本地人：什么古迹最有名？他会毫不犹疑地回答：红堡。第一次来，因为住在总统府内，所以先参观了总统府，然后才参观红堡。第二次、第三次来，我就径直地参观红堡。

红堡的建筑风格，同总统府是完全不相同的。同阿格拉的红堡一样，它修建于16世纪莫卧儿王朝。顾名思义，它是红色的伊斯兰式的建筑。但这红色仅只限于城墙。人们一进去，里面的楼、台、殿、阁却是另一种颜色。这些建筑基本上都是用灰白色的大理石建造的。大理石柱上、壁上都镶嵌着许多红、绿、黄、紫的宝石，衬着灰白色的大理石，相映成趣，闪闪发光。来到这里，人们很容易想到伊斯兰的文化，想到古代伊朗的文学艺术，想到阿拉伯的《一千零一夜》，做起伊斯兰的梦来。

完全可以同红堡媲美的是库图布高塔。高塔周围的建筑群，在风格上，可以明显地分为两类：一类是印度古代固有的风格，一类是后来传进来的伊斯兰风格，泾渭分明，但又和谐。原来大概都是印度古式建筑，信伊斯兰教的统治者来到以后，拆旧建新，就成了现在这个样子。拆建的痕迹，赫然在目。印度古式建筑，远远望去，黑乎乎一片，有点"浓得化不开"；细看却是精雕细刻，栩栩如生。如果借用一句中国论诗的话来形容，那就是：沉郁顿挫。伊斯兰风格完全相反：线条简明。也借用一句中国论诗的话：清新俊逸。两种风格相映成趣，成为印度印回两大文化的象征。

高塔是德里最高的建筑，共有五层，高约二十二丈，建于12世纪末叶，至今已有七八百年的历史。建筑风格是典型的伊斯兰式，与印度古代的塔（窣堵波）完全不同。我先后三次登上高塔，每次攀登的时候，总不由自主地想到唐代著名诗人岑参《与高适薛据同登慈恩寺浮图》的诗：

　　塔势如涌出，
　　孤高耸天宫。
　　登临出世界，
　　蹬道盘虚空。

这样的诗句，用来形容这一座高塔，不是非常合适的吗？

德里的名胜古迹还多得很，一篇短文是介绍不完的，我也就不再介绍了。

不管这些名胜古迹给我留下了多么深刻的印象，离开了人的名胜古迹，即使再美，也是一堆没有生命的东西。最使我难忘的还是印度人民的友情。这种深厚的友情，以这些名胜古迹为背景，二者相得益彰，才真是终生难忘。四年前，我第三次访问印度，在德里大学受到无比热烈的欢迎。那些可爱的印度大学生，一双双温暖的手，一双双热情的眼睛，真使我感动极了。我这样一个微不足道的人，为什么能受到这样的欢迎呢？他们是把我当作中国人民的一个代表，这种热烈的友情是针对中国人民的，我不过碰巧了成为接受者而已。友情，同名胜古迹，同总统府、红堡、高塔不一样，无法用图片来表达，它没有形体，没有颜色，但有重量，就让我把印度人民极重极重的友情贮藏在我的内心深处吧！

1982 年 12 月 11 日

琼楼玉宇,高处不胜寒

阿格拉在德里东南 200 千米处,是印度北方邦的一座历史文化名城。公元 16、17 世纪,莫卧儿王朝在此地建都,留下许多伊斯兰风格的美丽建筑,最有名的是红堡和泰姬陵。

季羡林曾三访泰姬陵,对泰姬陵的美他从来不吝啬赞誉之词,认为它把阴柔之美与阳刚之美结合得浑然一体,此美只应天上有。但是,他更加看重的是一粒看似微不足道的大米——一位不相识的青年学徒送给他的微雕艺术品。这是一位热爱新中国的青年,他在大米上精心雕刻了"印中友谊万岁"几个字,不顾人家的驱赶,久久等候,送给一位中国客人。粒米为重,崇陵为轻,就是这篇文章告诉我们的道理。

这篇文章的标题也是十分讲究、匠心独运的。大家都知道"琼楼玉宇,高处不胜寒"出自宋代文豪苏轼的《水调歌头》:"明月几时有,把酒问青天……"词前有小序:"丙辰中秋,欢饮达旦,大醉,作此篇,兼怀子由。"在苏轼看来,天上的广寒宫太冷清了,还是人间好。而这首词的用意之一,就是怀念远方的弟弟苏辙(子由)。这正合季羡林之意。在他看来,既然泰姬陵如同天上的仙宫,还是人间自有真情在。他写此文,自然就是怀念当年送来微雕的那位印度兄弟了。

阿格拉是有名的地方，有名就有在泰姬陵。世界舆论说，泰姬陵是不朽的，它是世界上多少多少奇之一。而印度朋友则说："谁要是来到印度而不去看泰姬陵，那么就等于没有来。"

在前两次访问印度，我都到泰姬陵来过，而且两次都在这里过了夜。我曾在朦胧的月色中来探望过泰姬陵。整个陵寝在月光下幻成了一个白色的奇迹。我也曾在朝暾的微光中来探望过泰姬陵，白色大理石的墙壁上成千上万块的红绿宝石闪出万点金光，幻成了一个五光十色的奇迹。总之，我两次都是名副其实地来到了印度。这一次我也决心再来，否则，我的三访印度，在印度朋友心目中就成了两访印度了。

同前两次一样，这一次也是乘汽车来的。车子下午从德里出发，一直到黄昏时分，才到了阿格拉。泰姬陵的白色的圆顶已经混入暮色苍茫之中。我们也就在苍茫的暮色中找到了我们的旅馆。从外面看上去，这旅馆砖墙剥落，宛如年久失修的莫卧儿王朝的废宫。但是里面却是灯光明亮，金碧辉煌，完全是另一番景象。房间都用与莫卧儿王朝有关的一些名字标出，使人一进去，就仿佛到了莫卧儿王朝；使人一睡下，就能够做起莫卧儿的梦来。

我真的做了一夜莫卧儿的梦。第二天一大早，我们就赶到泰姬陵门外。门还没有开。院子里，大树下，弥漫着一团雾气，掺杂着淡淡的花香。夜里下过雨，现在还没有晴开。我心里稍有懊恼之意：泰姬陵的真面目这一次恐怕看不到了。

但是,突然间,雨过天晴云破处,流出来了一缕金色的阳光,照在泰姬陵的圆顶上,只照亮一小块,其余的地方都暗淡无光,独有这一小块却亮得耀眼。我们的眼睛立刻明亮起来:难道这不就是泰姬陵的真面目吗?

我们走了进去,从映着泰姬陵倒影的小水池旁走向泰姬陵,登上了一层楼高的平台,绕着泰姬陵走了一周,到处瞭望了一番。平台的四个角上,各有一座高塔,尖尖地刺入灰暗的天空。四个尖尖的东西,衬托着中间泰姬陵的圆顶那个圆圆的东西,两相对比,给人一种奇特的美。我想不出一个适当的名词来表达这种美,就叫它几何的美吧。后面下临阎牟那河。河里水流平缓,有一个不知什么东西漂在水里面,一群秃鹫和乌鸦趴在上面啄食碎肉。秃鹫们吃饱了就飞上栏杆,成排地蹲在那里休息,傲然四顾,旁若无人。

我们就带着这些斑驳陆离的印象,回头来看泰姬陵本身。我怎样来描述这个白色的奇迹呢?我脑筋里所储存的一切词汇都毫无用处。我从小念的所有的描绘雄伟的陵墓的诗文,也都毫无用处。"碧瓦初寒外,金茎一气旁。山河扶绣户,日月近雕梁。"多么雄伟的诗句呀!然而,到了这里却丝毫也用不上。这里既无绣户,也无雕梁。这陵墓是用一块块白色大理石堆砌起来的。但是,无论从远处看,还是从近处看,却丝毫也看不出堆砌的痕迹,它浑然一体,好像是一块完整的大理石。多少年来,我看过无数的泰姬陵的照片和绘画,但是却没有看到有任何一幅真正照出、画出泰姬陵的气势来的。只有你到了泰姬陵跟前,站在白色大理石铺的地上,眼里看到的是纯白的大理石,脚下踩的是纯白的大理石,陵墓是纯白的大理石,栏杆是纯白的大理石,四个高塔也是纯白的大理石,你被裹在一片纯白的光辉中,翘首仰望,纯白的大理石墙壁有几十米高,仿佛上达苍穹。在这时候,你会有什么样的感觉,我不知道,反正我自己仿佛给这个白色的奇迹压住了,给这纯白的光辉网牢了。我想到了苏东坡的词:"琼楼玉宇,高处不胜寒。"我自己仿佛已经离开了人间,置身于琼楼玉宇之中。有人主张,世界上只有阴柔之美与阳刚之美。把二者融合起来成为浑然一体的那种美只应天上有。我眼前看到的就是这种天上的美。我完全沉浸在这种美的享受中,忘记了时间的推移。等到我从琼楼玉宇中回转来时,已经是我们应该离开的时候了。

从泰姬陵到红堡是一条必由之路,我们也不例外。到了红堡,限于时间,我们只匆匆地走了一转。莫卧儿王朝的这一座故宫,完全是用红砂岩筑成的。如果说泰姬陵是白色的奇迹的话,那么这里就是红色的奇迹。但是,我到了这里,最关心的却是一块小小的水晶。据说,下令修建泰姬陵的沙扎汗,晚年被儿子囚了起来。他本来还准备在阁牟那河这一边同河对岸泰姬陵遥遥相对的地方,修建一座完全用黑色大理石砌成的陵墓,如果建成的话,那将是一个不折不扣的黑色的奇迹。然而在这黑色的奇迹出现以前,他就失去了自由,成为自己儿子的阶下囚。他天天坐在红堡的一个走廊上,背对着泰姬陵,凝神潜思,忍忧含悲,目不转睛地注视着镶嵌在一个柱子上的那一块水晶,里面反映出整个泰姬陵的影像。月月如此,天天如此,这位孤独的老皇帝就这样度过了他的残生。

这个故事很有些浪漫气息,几百年来,也拨动了千千万万好心人的心弦,使之滴下了无数的同情之泪。但是,我却是无泪可滴。我上一次来的时候,印度朋友曾告诉过我,就在这走廊下面那一片空地上,莫卧儿皇帝把囚犯弄了来,然后放出老虎,让老虎把人活活地吃掉,他们坐在走廊上怡然欣赏这一幕奇景。这样的人,即使被儿子囚了起来,我难道还能为他流下什么同情之泪吗?这样的人,即使对死去的爱姬有那么一点情意,这种情意还值几文钱呢?我正在胡思乱想的时候,红堡城墙下长着肥大的绿叶子的树丛中,虎皮鹦鹉又叽叽喳喳叫了起来。这种鸟在中国是会被当作珍禽装在精致的笼子里来养育的,但是在阿格拉,却多得像麻雀。有那么一个皇帝,再加上这些叽叽喳喳的虎皮鹦鹉,我的游兴已经索然了。那些充满了浪漫气氛的故事对于我已经毫无吸引力了。

我走下了天堂,回到了现实。人间和现实是充满了矛盾的,但是它们又确实是美的,就是在阿格拉也并非例外。二十七年前,当我第一次到阿格拉来的时候,我在旅馆中遇到的一件小事,却使我忆念难忘。现在,当我离开了泰姬陵走下天堂的时候,我不由得又回忆起来。

我们在旅馆里看一个贫苦的印度艺人让小黄鸟表演识字的本领,又看另一个艺人让眼镜蛇与獴决斗,两个小动物都拼上命互相搏斗,大战了几十回合,还不分胜负。正在看得入神的时候,我瞥见一个印度青年在外面探头探脑。他的衣着不像一个学生,而像一个学徒工。我没有多加注意,仍然继续观战。又过了不知多少时候,我又一抬头,看到那个青年仍然站在那里,我立刻走出去。那个青年猛跑了几步,紧紧地抓住了我的手,我感觉到他的手有点颤抖。他递给我一个极小的小盒,透过玻璃罩可以看到,里面铺的棉花上有一粒大米。我真有点吃惊了。这一粒大米有什么意义呢？青年打开小盒,把大米送到我眼底下,大米上写着"印中友谊万岁"几个字,只能用放大镜才能看得清楚。他告诉我,他是一个学徒工,最热爱新中国,但却从来没有机会接触一个中国人。听说我们来了,他便带了大米来看我们,从早晨等到现在,中午早已过了,但是几次被人撵走。现在终于见到中国朋友了,他是多么兴奋啊！我接过了小盒,深深地被这个淳朴的青年感动了。我握住了他的手,心里面思绪万千,半天没有说出话来。我一直目送这个青年的背影消失在大街上熙熙攘攘的人群中,才转回身来。

  泰姬陵是美的,是不朽的。然而,人们心里的真挚感情不是比泰姬陵更美、更不朽吗？上面说的这件小事,到现在,已经过了二十七年。在人的一生中,二十七年是一段漫长的时间。可是,不管我什么时候想起这件小事,那个学徒工的影像就栩栩如生地浮现在我的眼前。现在他大概都有四五十岁了吧。中间沧海桑田,世间多变。但是我却不相信,他会忘掉我,会忘掉中国,正如我不会忘掉他一样。据我看,这才是真正的美,真正的不朽;是美的、不朽的泰姬陵无法比拟的美,无法比拟的不朽。

1978 年

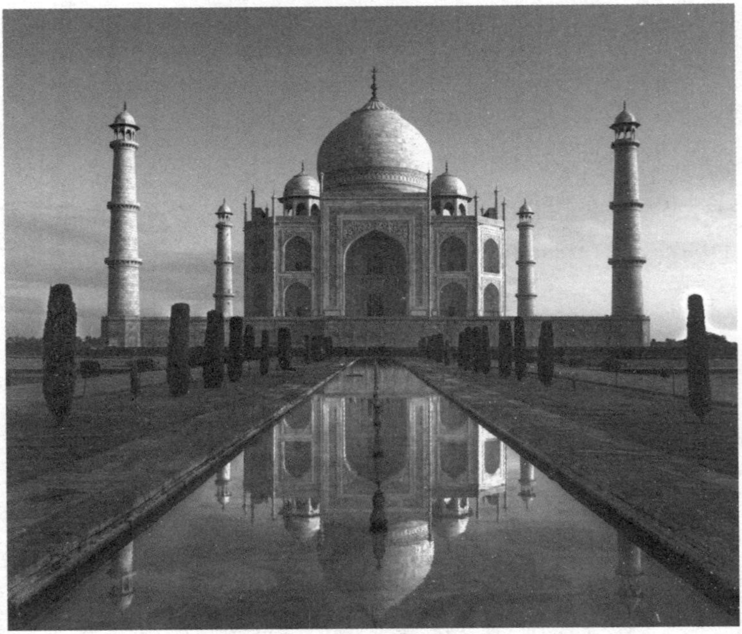

孟买，历史的见证

孟买是印度最大的商业城市，位于西海岸，是马哈拉施特拉邦的首府。《孟买，历史的见证》一文写作者两次访问孟买的观感。

"孟买"一词来源于葡萄牙文 Bombay，意为"美丽的海湾"。1995 年 11 月 22 日，印度联邦政府决定将其英文拼写改为 Mumbai。孟买临阿拉伯海，原为海上的七个小岛。16 世纪初，古吉拉特邦苏丹将此地割让给葡萄牙殖民者；1661 年，它又被作为葡萄牙公主的嫁妆转赠给英国；后经不断疏浚和填充，成为半岛，并筑有桥梁和长堤与大陆相连。和印度那些有两三千年历史的古城相比，孟买的历史真的不算什么。历史能见证孟买的什么呢？哦，原来是见证近代以来印度从殖民地到独立国家的沧桑巨变，见证中印两国人民共同抗击外来侵略者结成的战斗友谊。

去爱里梵陀（象岛）参观要出印度门，在阿波罗码头上船。印度门为吉特拉式建筑，位于阿波罗码头，面对孟买湾，是一座融合印度和波斯文化建筑特色的拱门，高二十六米，于 1911 年为纪念来访的英王乔治五世和玛丽皇后而兴建，以示孟买是印度的门户。此拱门现已成为孟买的象征。第二次世界大战以后,西方殖民体系土崩瓦解,印度人民结束了两百多年的屈辱历史,获得民族独立,挺直了自己的腰杆。这座印度门,可作为历史的见证。

天下事真有出人意料的巧合：我二十七年前访问孟买时住过的旅馆，这一次来竟又住在那里。这一下子就激发起游兴，没有等到把行李安顿好，我就走到旅馆外面去了。

旅馆外面，只隔一条马路，就是海滨。在海滨与马路之间，是一条铺着石头的宽宽的人行道。人行道上落着一群鸽子——看样子是经常在那里游戏的——红红的眼睛，尖尖的嘴，灰灰的翅膀，细细的腿，在那里拥拥挤挤，熙熙攘攘，啄米粒，拍翅膀，忽然飞上去，忽然又落下来，没有片刻的宁静，却又一点也不令人感到喧哗。马路上车水马龙，人行道上行人摩肩接踵，但却没有人干扰这一小片鸽子的乐园。只是不时地有人停下来买点谷子之类的杂粮，撒到鸽子群中去喂它们。有几个小孩子站在这乐园边上拍手欢跳。卖杂粮的老人坐在旁边，一动也不动，活像一具罗丹雕塑的石像。

从这里再往前走几步，就到了海边。海边巍然耸立着一座极其宏伟壮丽的拱门，这就是英国人建造的著名的印度门。门前是汪洋浩瀚的印度洋，门后是幅员辽阔的印度大地。在这里建这样一座门，是殖民主义者征服印度的象征，是他们耀武扬威的出发点。据说，当年英国派来的总督就都从这里登岸，一过这座门，就算是到了印度。英国的皇太子，所谓威尔士亲王也曾从这里上岸访问印度。当年高车驷马、华盖如云的盛况，依稀还能想象得出。

然而曾几何时，沧海桑田，风云变幻，当年那暴戾恣睢、不可一世的外来侵略者到哪里去了呢？只剩下大海混茫，拱门巍峨，海浪照样拍打着堤岸，涛声依旧震撼着全城。印度人民挺起腰杆走在自己的土地上。群鸽飞鸣，一片生机。这一座印度门就成了历史上兴亡盛衰的见证。

我第一次到孟买来的时候，就曾注意到这一座拱门。我们同殖民主义者相反，不是走进印度门，而是走出印度门。我们从这里乘汽艇到附近的爱里梵陀去看著名的石窟雕刻。石窟并不大，石雕也不多，而且没有任何碑文；但是每一座石雕都是一件珍贵的艺术品，结构谨严、气韵生动，完全可以置于世界名作之林。印度劳动人民的艺术天才留给我们的印象是永世难忘的。

同样使我们难忘的是当年孟买的印度朋友对我们显示的无比的热情。我们到孟买的时候正逢印度最大的节日点灯节，记得有一天晚上，孟买的许多著名的文学家、艺术家、音乐家、舞蹈家，邀请我们共同欢度节日。我们走进了一座大院子。曲径两旁，草地边上都点满了灯烛，弯弯曲曲的两排，让我立刻想到沿着孟买弧形海岸的那两排电灯，那叫作"公主项链"的著名的奇景。我小时候在中国的某一些名山古刹的庙会上，在夜间，曾见过这样的奇景。我们就在这"项链"的中间走过去，走进一个大厅，厅内也点满了灯烛。虽然电灯都关闭了，但厅内仍然辉煌有如白日。大家都席地而坐，看和听印度第一流的艺术家表演绝技。首先由一个琵琶国手表演琵琶独奏。弹奏之美妙我简直无法描绘，我只好借用唐代大诗人白居易的几句诗：

嘈嘈切切错杂弹，
大珠小珠落玉盘。

间关莺语花底滑,
幽咽泉流冰下难。
冰泉冷涩弦凝绝,
凝绝不通声暂歇。

　　弹奏快要结束的时候,余音袅袅,不绝如缕。打一个比喻的话,就好像暮春的游丝,越来越细,谁也听不出是什么时候结束的。接着是著名的舞蹈家表演舞蹈。最后由著名的乌尔都诗人朗诵自己的歌颂印中友谊的诗篇。我不懂乌尔都语,但是他那抑扬顿挫的声调,激昂动人的表情,特别是那些用三合元音组成的尾韵,深深地打动了我的心,我好像是获得了通灵,一下子精通了乌尔都语,完全理解了颂诗的内容。我的心随着他的诵声而跳动,而兴奋。夜已经很深了。我们几次想走,但是,印度朋友却牢牢地抓住我们不放。他们说:"我们现在不让你们睡觉。我们要让你们在印度留一天就等于留两天。你们疲倦,回国以后再去睡觉吧。我们相信,我们到了中国,你们也不会让我们睡觉的。"我们还有什么话好说呢?印度朋友到了中国,我们不也会同样不让他们睡觉吗?到现在已经过去了二十七年,但是,当时的情景还历历如在眼前,朗诵声还回荡在我的耳边。印度人民的这种友谊使我们永生难忘。
　　一讲到人民的友谊,人们立刻就会想到柯棣华大夫。他的故乡就在孟买附近。他哥哥和几个妹妹一直到现在还住在孟买市内。四十年前,日本侵略者百万大军压境,在我们神圣的国土上狼奔豕突,践踏蹂躏。中华民族正处于风雨如磐的危急存亡之秋。当时,柯棣华大夫刚从大学医学院毕业。他像白求恩大夫一样,毅然决定,不远万里来到中国抗日战争的前线,穿上八路军的军服,全心全意为伤病员服务。后来他在中国结了婚,生了孩子,终于积劳成疾,死在离开自己的故乡孟买数万里、中间隔着千山万水的中国。我们不说他病死异乡,因为他并不认为中国是异乡。他是继白求恩之后的另一个伟大的国际主义战士。毛主席亲笔为他写了悼词,每个字都像小盆子那样大,气势磅礴,力透纸背。这幅悼词,现在仍然悬挂在孟买他哥哥的家中。二十年前,叶剑英委员长到印度来访问时,曾到过他家,让人把这幅悼词拍了照。我们这一次到孟买来,也到了他家,受到他哥哥和几个妹妹以及所有其他亲属的极其热烈的款待。我当时坐在那里,注视着墙上毛主席的题词,转眼又看到同样是悬挂在墙上的柯棣华的夭亡了的小孩柯印华的照片,镜框上绕着花环,我真是心潮翻涌,思绪万千,上下古今,浮想联翩。在中印两千多年的友谊史上,无数的硕学高僧、游客、商贩,来往于中印两国之间,共同培育了这万古长青的友谊。但是,像柯棣华这样的人,难道不可以说是空前的吗?毛主席对他作了那样高的评价,真是恰如其分。听说一直到今天,四十年已经过去了,柯棣华生前的许多中国老战友,一提起他来,还禁不住热泪盈眶。什么东西能这样感人至深呢?除了深厚的友谊之外,还能有别的什么呢?我在上面已经说过,孟买的印度门是历史的见证。它告诉我们,腐朽的邪恶的东西必然死亡。柯棣华的例子又告诉我们,新生的正义的东西必然永存。在这个意义上来说,孟买又成了中印人民友谊的历史的见证。

今天孟买人民完全继承了柯棣华的遗愿,他们竭尽全力来促进中印传统友谊的发展。我们从新德里乘"空中公共汽车"来到孟买的时候,已经过了半夜,绝大部分的居民早已进入睡乡。可是机场外面仍然聚集了一千多人,手举红旗,高呼口号。这是什么精神鼓舞着他们呢?马哈拉施特拉邦的邦长会见了我们。孟买市长会见了我们,并且设宴招待。许多知名人士亲自到旅馆来同我们会面。这又是为了什么呢?特别令人难忘的是那个规模极大的群众欢迎大会。举行的地点是在工人区内一个中学的操场上,在操场中间临时搭了一个主席台。参加大会的据说超过一万人,大部分是工人。操场周围高楼上住的也都是工人,他们的家属就站在阳台上往下看,他们也算是大会的参加者。鞭炮齐鸣,红旗高悬。每一个发言者都热烈歌颂印中友谊,会场上洋溢着热情友好的气氛。散会后,印度青年工人臂挽臂形成了两座人墙,让我们从中间走出去。那出色的组织能力和纪律性给我们留下了深刻的印象。当我们乘汽车回到旅馆的时候,天已经完全黑了下来。我们就从"公主项链"下面驶过。那两排电灯,每一盏都像是一颗光辉灿烂的夜明珠,绕着弧形的海岸,亮上去,亮上去,一直亮到遥远的天际。这又让我立刻回想到二十七年前在孟买同印度文学艺术界的朋友共同欢度点灯节时的情景。岁月流逝,而友谊长青。今天我们又到了孟买,受到了同当时一样的甚至是更热烈的款待。我真有点抑制不住自己的兴奋激动了。

孟买是比较年轻的城市，是一座工业城市。比起科钦来，它只能算是小弟弟。我在过去常常有一种偏见：我愿意访问古老的文化遗迹，而对于新兴工业城市则不太感兴趣。我愿意在断壁颓垣下，古塔佛寺旁，发思古之幽情，怀传统之友谊。顾而乐之，往往流连忘返。然而今天我来到孟买，我发现它同样能够成为历史的见证，同样能让我们怀念古老的友谊。在巍峨的拱门下，在熙攘的马路上，在高矗的大厦旁，在鳞比的商肆间，我们不但可以怀念过去，而且可以瞻望未来。在怀念古老的传统的友谊之余，我们看到站起来的印度人民，想到倒下去的老殖民主义者，看到生气勃勃的鸽群，听到混茫的大海的涛声，真禁不住要问"苍茫大地，谁主沉浮"。答案远在天边，近在眼前，作为历史的见证的孟买恰恰就回答了这个问题。

1978 年

佛教圣地巡礼

《佛教圣地巡礼》一文写于20世纪70年代末,实际是回忆1951年作者初访印度时对阿旃陀、桑其、那烂陀、菩提伽耶四处佛教圣迹参观瞻礼的情况。经过二十多年时间的洗礼,许多细节已经被淡忘,只留下印象最深的主体部分。而作为灵魂的是始终伴随作者的三位高僧法显、玄奘和义净的影子,他们为中印两国人民的传统友谊做出了历史贡献。

孟买是印度西海岸的大门,是马哈拉施特拉邦的首府。离孟买不远的海上有一个象岛,在佛教兴盛时期,是重要的佛教圣地,有建于7世纪的印度教石窟,象岛石窟已被列为世界文化遗产,是重要的旅游景点。凡到孟买的游客,少有不去象岛的。所以,1978年季羡林第二次来到孟买时,自然就想到了象岛,由象岛想到其他几处佛教圣迹,从此开始了他的圣地神游。

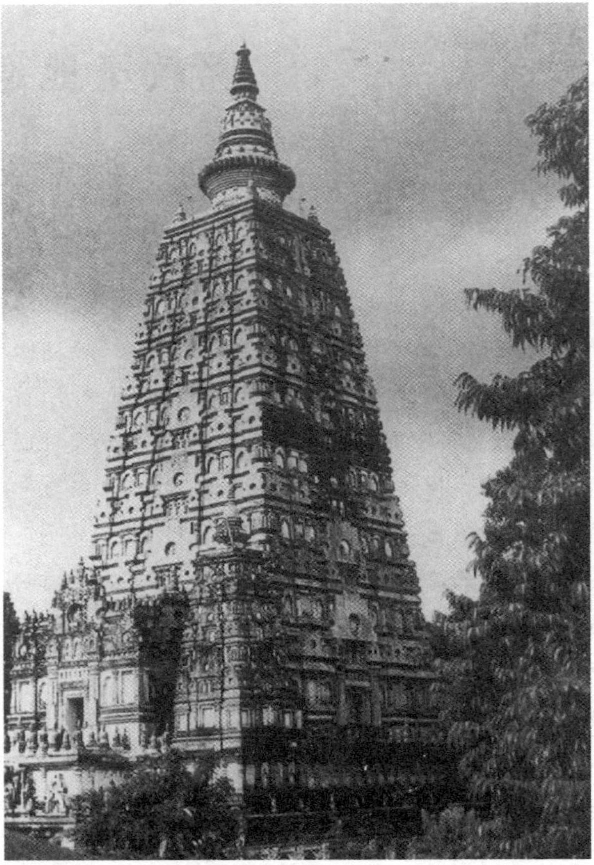

我第二次来到了孟买,想到附近的象岛,由象岛想到阿旃陀,由阿旃陀想到桑其,由桑其想到那烂陀,由那烂陀想到菩提伽耶,一路想了下来,忆想联翩,应接不暇。我的联想和回忆又把我带回到三十年前去了。

那次,我们是乘印度空军的飞机从孟买飞到了一个地方。地名忘记了。然后从那里坐汽车奔波了大约半天,天已经黑下来了,才到了阿旃陀。我们住在一个颇为古旧的旅馆里,晚饭吃的是印度饭,餐桌上摆着一大盘生辣椒。陪我们来的印度朋友看到我吃印度饼的时候,居然大口大口地吃起辣椒来,他大为吃惊。于是吃辣椒就成了餐桌上闲谈的题目。从吃辣椒谈了开去,又谈到一般的吃饭,印度朋友说,印度人民中间有很多关于中国人民吃东西的传说。他们说,中国人使用筷子已经到了出神入化的境界,用筷子连水都能喝。他们又说,四条腿的东西,除了桌子以外,中国人什么都吃;水里的东西,除了船以外,中国人也什么都吃。这立刻引起我们的哄堂大笑。印度朋友补充说,敢想敢吃并不是一件简单的事情。敢吃才能添加营养,增强体质。印度有一些人却是这也不吃,那也不吃,结果是体质虚弱,寿命不长,反而不如中国人敢想敢吃的好。有关中国人的这些传说虽然有些荒诞不经,但反映出印度老百姓对中国既关心又陌生的情况。于是餐桌上越谈越热烈,长时间杂着大笑。外面是黑暗的寂静的夜,这笑声仿佛震动了外面黑暗的、一点声音都没有的夜空。

我从窗子里看出去,模模糊糊看到一片树的影子,看到一片山陵的影子。在欢笑声中,我又时涉遐想:阿旃陀究竟在什么地方呢？它是在黑暗中哪一个方向呢？我们什么时候才能看到它呢？我真有点望眼欲穿了。

第二天一大早，我们就起身向阿旃陀走去。穿过了许多片树林和山涧，走过一条半山小径，我们终于到了阿旃陀石窟。一个个的洞子都是在半山上凿成的。山势形成了半圆形，下临深涧，涧中一泓清水。洞子有大有小，有深有浅，有高有低，沿着半山凿过去，一共有二十九个，窟内的壁画、石像，件件精美，因为没有人来破坏，所以保存得都比较完整。印度朋友说，唐朝的中国高僧玄奘曾到这里来过。以后这些石窟就湮没在荒榛丛莽中，久历春秋，几乎没有人知道这里还有这样一些洞子了。一百多年前，有一个什么英国人上山猎虎，偶尔发现了这些洞子，这才引起人们的注意。以后印度政府加以修缮，在洞前凿成了曲曲折折的石径，有点像中国云南昆明的龙门。从此阿旃陀石窟就成了全印度乃至全世界著名的佛教艺术宝库了。

我们走在洞子前窄窄的石径上，边走边谈，边谈边看，注目凝视，潜心遐想。印度朋友告诉我说，深涧对面的山坡上时常有成群成群的孔雀在那里游戏、舞蹈，早晨晚上孔雀出巢归巢时鸣声响彻整个山涧。我随着印度朋友的叙述，心潮腾涌，浮想联翩。我仿佛看到玄奘就踽踽地走在这条石径上，在阴森黑暗的洞子中出出进进，时而跪下拜佛，时而喃喃诵经。对面山坡上的成群的孔雀好像能知人意，对着这位不远万里而来的异国高僧舞蹈致敬。天上落下了一阵阵的花雨，把整个山麓和洞子照耀得光辉闪闪。

"小心！"印度朋友这样喊了一声，我才从梦幻中走了出来。眼前没有了玄奘,也没有了孔雀。盼望玄奘出现,那当然是完全不可能的。但是,盼望对面山坡上出现一群孔雀总是可能的吧。我于是眼巴巴地望着山涧彼岸的山坡,山坡上绿树成荫,杂草丛生,榛莽中一片寂静,郁郁苍苍,却也明露荒寒之意。大概因为不是清晨黄昏,孔雀还没有出巢归巢,所以只是空望了一番而已。我们这样就离开了阿旃陀。石壁上绚丽的壁画,跪拜诵经的玄奘的姿态,对面山坡上跳舞的孔雀的形象,印度朋友的音容笑貌,在我眼前织成一幅迷离恍惚的幻影。

离开阿旃陀,我们怎样又到了桑其的,我现在已经完全记不清楚了。在我的记忆里,这一段经过好像成了一段曝了光的底片。

越过了这一段,我们已经到了一个临时搭成的帐篷里,在吃着什么,或喝着什么。然后是乘坐吉普车沿着看样子是新修补的山路,盘旋驶上山去。走了多久,拐了多少弯,现在也都记不清楚了。总之是到了山顶上,站在举世闻名的桑其大塔的门前,说是塔,实际上同中国的塔是很不一样的。它是一个大冢模样的东西,北海的白塔约略似之。周围绕着石头雕成的栏杆,四面石门上雕着许多佛教的故事。主要是佛本生的故事。大塔的来源据说可以追溯到公元前阿育王时代。无论如何这座塔总是很古很古的了。据说,它是同释迦牟尼的大弟子大目犍连的舍利有联系的。现在印度学者和世界其他国家学者之所以重视它,还是由于它的美术价值。这一点我似乎也能了解一点。我看到石头浮雕上那些仙人、隐士、老虎、猴子、花朵、草叶、大树、丛林,都雕得形象逼真，生动饱满，简简单单的几个人和物就能充分表达出一个完整的故事。内行的人可以指出哪一块浮雕表现的是哪一个故事。艺术概括的手段确实是非常高明的。我完全沉浸在艺术享受中了。

事隔这样许多年，我们在那座小山上待的时间又非常短，我现在再三努力搅动我的回忆，但是除了那一座圆圆的所谓塔和周围的石雕栏杆以外，什么东西也搅动不出。山势是什么样子？我说不出。塔的附近是什么样子？我说不出。那里的山、水、树、木都是什么样子？我也说不出。现在在我的记忆里，就只剩下一座圆圆的、光秃秃的、周围绕着石栏杆，栏杆上有着世界著名的石雕的大塔，矗立在荒烟蔓草之间……

我们怎样到的那烂陀，现在也记不清楚了。对于这个地方我真是"久仰大名，如雷贯耳"。在长达几百年的时间内，这地方不仅是佛学的中心，而且是印度学术中心。从晋代一直到唐代，中国许多高僧如法显、玄奘、义净等都到过这里，在这里求学。玄奘在《大唐西域记》里面对那烂陀有生动的描述。《大唐大慈恩寺三藏法师玄奘传》里对那烂陀的描述更是详尽：

> 六帝相承，各加营造，又以砖垒其外，合为一寺，都建一门。庭序别开，中分八院。宝台星列，琼楼岳峙；观竦烟中，殿飞霞上。生风云于户牖，交日月于轩檐。加以渌水逶迤，青莲菡萏，羯尼花树，晖焕其间。庵没罗林，森竦其外。诸院僧室，皆四重重阁。虬栋虹梁，

绿栌朱柱,雕楹镂槛,玉础文楣。薨接瑶晖,榱连绳彩。印度伽蓝,数乃万千;壮丽崇高,此为其极。僧徒主客,常有万人。

对于玄奘来到这里的情况,这书中也有详尽生动的叙述:

向幼日王院安置于觉贤房第四重阁。七日供养已,更安置上房,在护法菩萨房北,加诸供给。日得瞻步罗果一百二十枚,槟榔子二十颗,豆蔻二十颗,龙脑香一两,供大人米一升。其米大于乌豆,做饭香鲜,余米不及。唯摩揭陀国有此粳米,余处更无。独供国王及多闻大德,故号为"供大人米"。月给油三升,酥乳等随日取足,净人一人,婆罗门一人,免诸僧事,行乘象舆。

除了玄奘以外,还有别的一些印度本地的大师。《大唐西域记》里写道:

至如护法、护月,振芳尘于遗教;德慧、坚慧,流雅誉于当时。光友之清论,胜友之高谈,智月则风鉴明敏,戒贤乃至德幽邃。

看了这段描述,我眼前仿佛出现了一座极其壮丽宏伟的寺院兼大学。四层高楼直刺入印度那晴朗悠远的蓝天。

周围是碧绿的流水，水里面开满了荷花。和煦的微风把荷香吹入我的鼻中。我仿佛看到了上万人的和尚大学生，不远千里万里而来，聚集在这里，攻读佛教经典和印度传统的科学宗教理论，以及哲学理论。其中有几位名扬国内外的大师，都享受特殊的待遇。这些大师都峨冠博带，姿态肃穆，或登坛授业，或伏案著书。整个那烂陀寺远远超过今天的牛津、剑桥、巴黎、柏林等等著名的大学。梵呗之声遏云霄，檀香木的香烟缭绕檐际。夜间则灯烛辉煌，通宵达旦。节日则帝王驾临，慷慨布施。我眼前是一派堂皇富丽、雍容华贵的景象。

我仿佛看到玄奘也居于这些大师之中，住在崇高的四层楼上，吃着供大人米，出门则乘着大象。我甚至仿佛看到玄奘参加印度当时召开辩论大会的情况。他在辩论中出言锋利，如悬河泻水，使他那辩论的对手无所措手足，终至伏地认输。输掉的一方，甚至抽出宝剑，砍掉自己的脑袋。我仿佛看到玄奘参加戒日王举行的大会，他被奉为首座。原野上毡帐如云，象马如雨，兵卒多如恒河沙数，刀光剑影，上冲云霄。戒日王高踞在宝帐中的宝座上，玄奘就在他的身旁……

所有这一些幻象都是非常美妙动人的。但幻象毕竟是幻象，一转瞬间，就消逝了。书上描绘的那种豪华的景象早已荡然无存，我眼前看到的只是一片废墟。连断壁颓垣都没有，只有从地里挖掘出来的一些墙壁的残迹。"庭序别开，中分八院"，约略可以看出来。至于崇楼峻阁，则只能相寻于幻想中。如果借用旧诗词的话，那就是"西风残照，汉家陵阙"。

我们在这一片废墟中徘徊瞻望。抚今追昔,感慨万端。虽然眼前已没有什么东西可看,但是又觉得这地方很亲切,而为之流连忘返。为了弥补我们幻想之不足,我们去参观了旁边的那烂陀展览馆。那是一座不算太大的楼房,里面陈列着一些从那烂陀遗址中挖掘出来的文物,还陈列着一些佛典,记得还有不少是从斯里兰卡送来的东西。所有这一切,似乎也没能给我们留下多么深刻的印象。只有玄奘的影子好像总不肯离开我们。中国唐代的这一位高僧不远万里,九死一生,来到了印度,在那烂陀住了相当长的时间,攻读佛典和印度其他一些古典,他受到了印度人民和帝王的极其优渥的礼遇。他回国以后完成了名著《大唐西域记》,给当时的印度留下极其翔实的记载,至今被印度学者和全世界学者视为稀世珍宝。在印度人民中,一直到今天,玄奘这名字几乎是家喻户晓,妇孺皆知,我们在印度到处都听到有人提到他。在中国,伟大的文学家鲁迅在他的《中国人失掉自信力了吗?》这篇文章中,列举了埋头苦干的人、拼命硬干的人、为民请命的人、舍身求法的人,明白地说这些人都是"中国的脊梁"。他虽然没有提到玄奘的名字,但在"舍身求法的人"中显然有玄奘在。我们同鲁迅一样,对宗教并不欣赏,也不宣扬,但玄奘却不仅仅是一个宗教家。对于这样一位高僧,我平常也是非常崇敬的。今天来到印度,来到了他长期学习生活过的地方,回想到他不是很自然的吗?他的影子不肯离开我们不也是很容易理解的吗?我们抚今追昔,把当时印度人民对待玄奘的情况,同今天印度人民热情款待我们的情况联想起来、对比起来,看到了中印友谊的源远流长,看到这友谊还会长期存在下去,发展下去,我们心里就会热乎乎的,不也是很自然的吗?我们就是怀着这样的心情依依不舍地离开了那烂陀。回望那些废墟又陡然化成了崇楼峻阁,画栋雕梁,在我们眼里闪出异样的光芒。

我们从巴特那,乘坐印度空军的飞机,飞到菩提伽耶,在一个小小的比较简陋的飞机场上降落,好像没用了多少时间。

这里是佛教史上最著名的圣迹。根据古代佛典的记载,释迦牟尼看破红尘出家以后,曾到处游行,寻求大道;碰了许多钉子,曾一度修过苦行,饿得眼看就要活不了了,于是决定改弦更张,喝了一个村女献给他的粥,身体和精神都恢复了一下;最后来到菩提伽耶这个地方,坐在菩提树下,发下宏愿大誓:如果不成正道,就决不离开这个地方。

这个故事究竟可靠到什么程度,今天的佛教学者哪一个也不敢确说。究竟有没有一个释迦牟尼?释迦牟尼是否真到这里来过呢?这些问题学者们都提起过。我们来到这里参观访问,对这些传说都只能姑妄言之姑妄听之。听一听的话,也会觉得很好玩,很有趣,也可以为之解颐。至于追根究底去研究,那是专门家学者的事,我们眼前没有那个余裕,没有那个兴趣。就让这个地方涂上一些神话的虹彩,又何尝不可呢?眼前的青山、绿水、竹篱、茅舍,比那些宗教祖师爷对我更有内容,更有吸引力。

同在那烂陀寺一样,法显、玄奘和义净等等著名的中国和尚都是到这里来过的。他们留下的记载都很生动、翔实,又很有趣。当然他们都是虔诚的佛教信徒,对这一切神话,他们都是坚信不疑的。我们没有也不可能有那种坚定的信仰。我们只是踏在印度土地上,想看一看印度土地上的一切现实情况,了解一下印度人民的生活情况,如此而已。对于菩提伽耶,我们也不例外。

我们于是就到处游逛,到处参观。现在回想起来,这里的宝塔、寺庙,好像是非常多。详细的情景,现在已经无从回忆起。在我的记忆里,只是横七竖八地矗立着一些巍峨古老的殿堂,大大小小的宝塔,个个都是古色斑斓,说明了它们已久历春秋。其中最突出的一座,就是紧靠金刚座的大塔。我已经不记得有关这座大塔的神话传说,我也不太关心那些东西,我只觉得这座塔非常古朴可爱而已。

紧靠这大塔的后墙,就是那一棵闻名世界的菩提树。玄奘《大唐西域记》卷第八说:

> 金刚座上菩提树者,即毕钵罗之树也。昔佛在世,高数百尺,屡经残伐,犹高四五丈。佛坐其下成等正觉,因而谓之菩提树焉。茎干黄白,枝叶青翠,冬夏不凋,光鲜无变。每至如来涅槃之日,叶皆凋落,顷之复故。是日也,诸国君王,异方法俗,数千万众,不召而集,香水香乳,以溉洗。于是奏音乐,列香花,灯炬继日,竞修供养。

今天我们看到的菩提树大概也只高四五丈,同玄奘看到的差不多,至多不过有一二百年的寿命。从玄奘到现在,又已经历了一千多年。这一棵菩提树恐怕也已经历了几番的"屡经残伐"了。不过玄奘描绘的"茎干黄白,枝叶青翠,冬夏不凋,光鲜无变",今天依然如故。在虔诚的佛教徒眼中,这是一棵神树。他们一定会肃然起敬,说不定还要跪下,大磕其头,然而在我眼中,它只不过是一棵枝叶青翠、叶子肥绿的树,觉得它非常可喜可爱而已。

树下就是那有名的金刚座。据佛典上说,这个地方"贤劫初成,与土地俱起,据三千大千之中,下极金轮,上齐地际,金刚所成",世界动摇,独此地不动,简直说得神乎其神。前几年,唐山地震,波及北京,我脑海里曾有过一闪念:现在如果坐在金刚座上,该多么美呀!这当然只是开开玩笑,我们是绝不会相信那神话的。

但是我们也有人,为了纪念,在地上捡起几片掉落下来的叶片。当时给我们驾驶飞机的一位印度空军军官,看到我们对树叶这样感兴趣,出于好心,走上前去,伸手抓住一条树枝,从上面把一串串的小树枝条折了下来,让我们尽情地摘取树叶。他甚至自己摘落一些叶片,硬塞到我们手里。我们虽然知道这棵树的叶片是不能随便摘取的,但是这位军官的厚意难却,我们只好每个人摘取几片,带回国来,做一个很有意义的纪念品了。

同在阿旃陀和那烂陀一样,在这里玄奘的身影又不时浮现到我的眼前,不过在这里,不止是玄奘一个人,还添了法显和义净。我仿佛看到他们穿着黄色的袈裟,跪倒在地上磕头。我仿佛看到他们在这些寺院殿塔之间来往穿行。我仿佛看到他们向那一棵菩提树顶礼膜拜。我仿佛看到他们从金刚座上撮起一小把泥土，小心翼翼地包了起来，准备带回中国。我在这里看到的玄奘似乎同别处不同：他在这里特别虔诚，特别严肃，特别忙碌，特别精进。我小时候阅读《西游记》时已经熟悉了玄奘。当然那是小说家言，不能全信的。现在到了印度，到了菩提伽耶，我对中国这一位舍身求法的高僧，心里不禁油然涌起了无限的敬意。对于增进中印两国人民的友谊，他的作用是不可估量的。在中国人民心目中，在印度人民心目中，他实际上变成了中印友谊的象征。他将长久地活在人民的心中。

我眼前不但有过去的人物的影子，也还有当前的现实的人物。正当我们在参观的时候，好像从地里钻出来一样，突然从远处跑来了一个年老的中国妇女，看样子已经有七十多岁了。她没有削发，却自称是个尼姑。她自己说是湖北人，前清时候来到印度。详细的过程我没有听清楚，也没听清楚她住在什么地方。总之是，她来到了菩提伽耶，朝佛拜祖，在这里带发修行。印度的农民供给她食用之需，待她非常好。看样子她也不懂多少经文，好像连字——不管是中国字还是印度字，也不认识。她缠着小脚，走路一瘸一拐的，却飞也似的冲着我们跑过来，直跑得上气不接下气。恐怕她已经好久没有看到祖国来的人了。今天忽然听说祖国人来，她就不顾一切，拼命跑了过来。她劈头第一句话就是："老爷们的行李下在哪个店里？"我乍听之下，不禁心里一抖：她"不知秦汉，无论魏晋"。我们同她之间的距离已经大到无法想象的程度了，我们好像已经不是同一个世纪的人物了。她对祖国的感情，对祖国来的亲人的感情看样子是非常浓厚的,但是她无法表达。我们对她这样一个桃花源中的人物,充满了同情。在离开祖国万里之外的异域看到这样一个人物,心里酸甜苦辣,什么滋味都有。我们又是吃惊,又是怜悯,又是同情,又是高兴,但是我们无法表达。我脑海中翻腾出许许多多的问题:在现在这个世界上,怎么还能有这样的人物呢?在过去漫长的四五十年中,她的生活是怎样过的呀?她不懂印度话,同印度人民是怎样往来呀?她是住在茅庵里,还是大树上呀?她吃饭穿衣是怎样得来的呀?她形单影孤,心里想些什么呀?西天佛祖真能给她以安慰吗?如果我们现在告诉她祖国的情况,她能够理解吗?如此等等,一系列的问号涌上心头。面对着这样一个诚意朴实又似乎有点痴呆的老年妇女,我们简直不知说些什么好,简直是无所措手足。我们唯一的办法就是给她一些卢比,期望她的余年过得更好一点,此外再也没有什么话可说了。在她那一方面,也似乎有些不知所措。她伸手接过我们给的钱,又激动,又吃惊,又高兴,又悲哀,眼睛里涌出了泪水,说话声音也有些颤抖了。当我们的汽车开动时,她拖着那一双小脚一瘸一拐地跟在我们车后紧跑了一阵。我们从汽车的后窗里看到她的身影,眼睛里也不禁湿润起来……

  佛教圣地遍布印度各地,我无法一一回忆。况且事情已经隔了将近三十年,我努力把我的回忆来回搅动,目前也只能搅动出这么多来。其余零零碎碎的回忆还多得很,让它们暂且保留在我的记忆中吧!

1979 年 3 月

回到历史中去

科钦,印度南方喀拉拉邦一个不大的海港城市,这里不是邦首府(首府是特里凡得琅),也不是佛教或其他什么宗教的圣地,没有什么值得炫耀的宫殿城堡或是遗址。为什么一提到科钦,季羡林便想到历史呢?为什么他把对这座水城的访问称为"回到历史中去"呢?

原来,季羡林这次冒着酷暑专访科钦,是来寻找古代印度受中国影响的证据的。他找到了没有呢?答案是肯定的。第二天的海上游,他见到了大片的用木架支撑的"中国渔网",见到了椰林密布的小岛上的"中国房屋"。也许读者会说,他"看见"的郑和船队靠岸的情景只是"一刹那的幻影"。不错。可是,这情景绝不是季羡林凭空想象出来的,而是有充分的史料做根据的。而"科钦"这个地名在当地语言中就是"小中国"的意思。

明代郑和七下西洋,时间长达二十八年,到过印度的许多港口,科钦是船队的重要停靠港之一。除了官船,当时有大批商船随行,运去的货物有布匹、绸缎、瓷器、麝香、水银、草席等等。郑和的随行人员马欢写了《瀛涯胜览》,费信写了《星槎胜览》,黄省曾编写了《西洋朝贡典录》，这些都是研究印度史和中印关系史的重要史料。季羡林治史讲究"无征不信"。数百年后，在科钦见到的"中国渔网"和"中国房屋"足以见证郑和船队泊靠科钦港的历史。

一提到科钦，我就浮想联翩，回到悠久的中印两国友谊的历史中去。

中印两国友谊的历史，在印度，我们到处都听人谈到。人们都津津有味地谈到这一篇历史，好像觉得这是一种光荣、一种骄傲。

但是，有什么具体的事例证明这长达两千多年的友谊的历史吗？当然有的。比如唐代的中国和尚玄奘就是一个。无论在哪个集会上，几乎每一位致欢迎词的印度朋友都要提到他的名字，有时候同法显和义净一起提。听说，他的事迹已经被写进了印度的小学教科书。在千千万万印度儿童的幼稚的心灵中，也有他这个中国古代高僧的影像。

但是，还有没有活的见证证明我们友谊的历史呢？也当然有的，这就是科钦。而这也就是我同另外一位中国同志冒着酷暑到南印度喀拉拉邦这个滨海城市去访问的缘由。

我原来只想到这个水城本身才是见证。然而，一下飞机，我就知道自己错了。机场门外，红旗如林，迎风招展。大概有上千的人站在那里欢迎我们这两个素昧平生的中国人。"印中友谊万岁"的口号声，此伏彼起，宛如科钦港口外大海中奔腾汹涌的波涛。一双双洋溢着火热的感情的眼睛瞅着我们，一只只温暖的手伸向我们，一个个照相机、录音机对准我们，一串串五色缤纷的花环套向我们。科钦市长穿着大礼服站在欢迎群众的前面，同我们热烈握手，把两束极大的紫红色的流溢着浓烈的香味的玫瑰花递到我们手中。

难道还能有比这更好的更适当的中国印度的两国友谊的活的见证吗？

但这才刚刚是开始。

我们在飞行了一千多公里以后，只到旅馆里把行李稍一安排，立刻就被领到一个海滨的广场上，去参加科钦市的群众欢迎大会。这是多么动人的场面啊！还没有走到入口处，我们就已经听到人声鼎沸，鞭炮齐鸣，大人小孩，乐成一团。最使我们吃惊的是，我们在离开祖国千山万水遥远的异国，居然看到了只有节日才能看到的焰火。随着一声声巨响，焰火飞向夜空，幻化出奇花异草万紫千红。科钦地处热带，一年四季都是夏天。在大地上看到万紫千红的奇花异草，那就是"司空见惯浑无事"。然而现在那长满了奇花异草的锦绣大地却蓦地飞上天去，谁会不感到吃惊而且狂喜呢？

就在这吃惊而且狂喜的气氛中，我们登上了大会的主席台。市长穿着大礼服坐在中间，大学校长和从邦的首府特里凡得琅赶来参加大会的部长坐在他的身旁。我们当然是坐在贵宾的位子上。大会开始了。只见万头攒动，掌声四起，估计至少也有一万人。八名幼女穿着色彩鲜艳的衣服，手里拿着一些什么东西，迈着细碎而有节奏的步子，在主席台前缓慢地走了过去，像是一朵朵能走路的鲜花。后面紧跟着八名少女，也穿着色彩鲜艳的衣服，手里拿着烛台和灯，迈着细碎而有节奏的步子，在主席台前缓慢地走了过去，也像是一朵朵能走路的鲜花。我眼花缭乱，恍惚看到一团团大花朵跟着一团团小花朵在那里游动，耳朵里却是

"时闻杂佩声珊珊"。最后跟着来的是一头大象,一个手撑遮阳伞的汉子踞坐在它的背上。大象浑身上下披挂着彩饰,黄的是金,白的是银,累累垂垂的是珊瑚珍珠,错彩镂金,辉耀夺目,五色相映,光怪陆离。它简直让人看不出是一头大象,只像是一个神奇的庞然大物,只像是一座七宝楼台,只像是一座嵌鋈的山岳,在主席台前巍然地走了过去。在印度神话中,我们有时遇到天帝释出游的场面,难道那场面就是这个样子吗?在梵文史诗和其他著作中,我们常常读到描绘宫廷的篇章,难道那宫廷就是这样富丽堂皇吗?印度的大自然红绿交错,花团锦簇,难道这大象就是大自然的化身吗?我脑海里幻想云涌,联想蜂聚,一时排遣不开。但眼睛还要注视着眼前的一切情景,我真有点如入山阴道上应接不暇了。

但是,花环又献了上来。究竟有多少人多少单位送了花环,我看谁也说不清楚。我们都不懂马拉雅兰语。主席用马拉雅兰话朗读着献花单位的名称,于是,干部模样的、农民模样的、学生模样的、教员模样的,男的、女的、老的、少的,一个接一个地走到我们的桌前,往我们脖子上套花环。川流不息,至少有七八十人,或者更多一些。而花环的制作,也都匠心独运。有的长,有的短,有的粗大厚实,有的小巧玲珑,都是用各色各样的鲜花编成:白色的茉莉花和晚香玉、红色的石竹、黄色的月季、紫红色的玫瑰,还有许多不知名的花朵,都是用金线银线穿成了串,编成了团,扎成了球。我简直无法想象,印度朋友在编扎这些花环时用了多少心血,花环里面编织着多少印度人民的深情厚谊。花环套上脖子时，有时浓香扑鼻，有时感到愉快的沉重。在我心里却是思潮翻滚，感动得说不出话来。然而花环却仍然是套呀，套呀，直套到快遮住了我的眼睛，然后轻轻地拿下来，放在桌子上。又有新的花环套呀，套呀。我成了一个花人，一个花堆，一座花山，一片花海。一位印度朋友笑着对我说："今天晚上套到你们脖子上的花至少有一吨重。"我恨不得像印度神话中的大梵天那样长出四个脑袋，那样就能有四个脖子来承担这些花环，有八只手来接受这些花环。最好是能像《罗摩衍那》中的罗刹王罗波那那样长出十个脑袋，那样脖子就增加到十个，手增加到二十只，这一吨重的花环承担起来也就比较容易了。当然，这些都是幻想。实际上，我们清醒地意识到，这些花环不是送给我们个人的，送的对象是整个的新中国，全体新中国的人民。我们获得这一份荣誉来接受它们，难道还能有比这更令人欢欣鼓舞的事情吗？

我们就怀着这样的心情，在大会结束后，欣赏了南印度的舞蹈。一直到深夜，才回到旅馆前布置得像阆苑仙境一般的草坪上，参加市长举行的有四个部长作陪的十分丰盛的晚宴。就这样度过了一个暴风骤雨的夜晚。

我们万没有想到，在第二天，在暴风骤雨之后，又来了一个风和日丽。在极端紧张的访问活动中，主人居然给我们安排了游艇，畅游科钦港。我们乘一叶游艇，在波平如镜的海面上，慢慢地航行；在错综复杂的渔港中，穿来穿去。我们到处都看到用木架支撑起来的渔网。主人说："本地人管它叫中国网。"我们走到长满椰林的一个小岛旁，主人问："你们看小岛上的房屋是不是像中国建筑？"我抬眼一看，果然像中国房屋：中国式的山墙，中国式的屋顶，整整齐齐地排列在那里。我的心忽然一动，眼前恍惚看到四五百年前郑和下西洋乘坐的宝船，一艘艘停泊在那小岛旁边。穿着明代服装的中国水手上上下下，忙忙碌碌，从船上搬下成捆的中国青花瓷器，就堆在椰子树下，欢迎中国水手的印度朋友也是熙熙攘攘地拥挤在那里。我真的回到历史中去了。但是这一刹那的幻影，稍纵即逝。我在历史中游逛了一阵，终于还是回到了游艇上。艇外风静縠纹平，渔舟正纵横。摩托声响彻了渔港，红色的椰子在浓绿丛中闪着星星般的红光。

从历史中回到了现实世界以后，我们又到两个报馆去参观，受到了极其热烈的欢迎。又参加了一个像兄弟话家常般的别开生面的记者招待会，匆匆赶回旅馆，收拾了一下行李，立刻到了机场，搭乘飞机，飞向班加罗尔。

人虽然已经离开了科钦，但似乎没有完全离开。科钦的水光椰影，大会的热烈情景，印度主人的一颦一笑，宛然如在眼前，无论如何也从心头拂拭不掉。难道真能成为"明日隔山岳，世事两茫茫"吗？到了今天，我回到祖国已经半个多月了。每当黎明时分，我伏案工作的时候，偶一抬眼，瞥见那一条陈列在书架上的科钦市长赠送的象牙乌木龙舟，我的心就不由得飞了出去，飞过了千山万水，飞向那遥远西天下的水城科钦。

1978 年 4 月 17 日

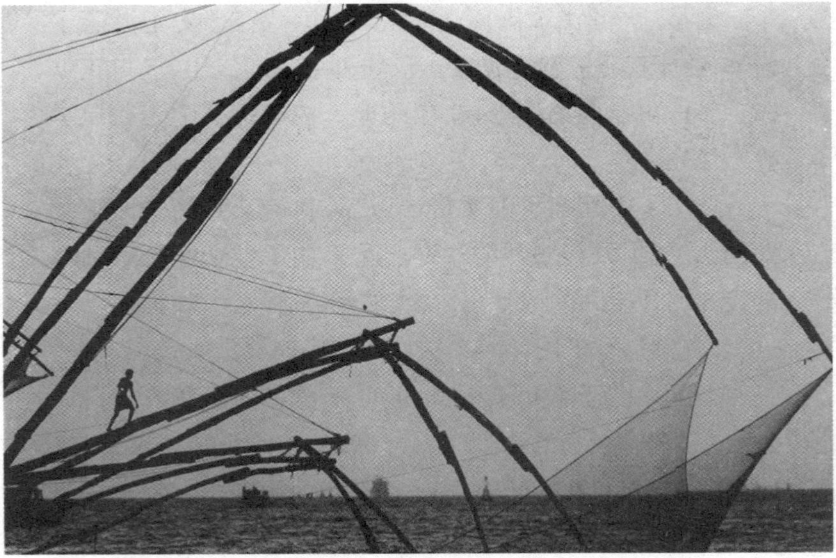

海德拉巴

　　海德拉巴位于印度中南部，是印度第五大城市，安德拉邦首府，全年多数时间凉爽湿润，气候宜人。这是一个以乌尔都语为主要语言的南方城市，是重要的伊斯兰文化名城，具有众多著名历史建筑遗迹。季羡林于1951年、1978年两度访问海德拉巴，印象截然不同。《海德拉巴》一文就是讲述这座城市的变与不变，歌颂海德拉巴人民对中国人民不变的友谊。

我脑海里有两个海德拉巴：一个是二十七年以前的，一个是今天的。

二十七年前，当我第一次访问印度时，我曾来到这里，而且住了三四天之久。时间相隔既然是这样悠久，我对海德拉巴的记忆，就只剩下了一些断片，破碎支离，不能形成一个清晰的整体。在一团灰色的回忆的迷雾中，时时闪出了巨大的红色的斑点，这是木棉花。我当时曾惊诧于这里木棉树之高、之大，花朵开得像碗口那样大，而且开在参天的巨树上，这对于我这生长在北国的人来说，确实像是一个奇迹，留在脑海里的印象就永生难忘了。

但是，除了木棉花之外，再也不能清晰地回忆起什么东西来。只还记得住在尼扎姆的迎宾馆中，庭院清幽，台殿阒静，绿草如茵，杂花似锦；还有一些爬山虎之类的蔓藤，也都开着五彩斑斓的花，绿叶肥大，花朵绚丽，红彤彤，绿油油，显出一片茂盛热闹的景象。至于室内的情况、房屋的结构，则模糊成一团，几乎完全回忆不起来了。

我们到海德拉巴的第一天晚上，就到一个富丽堂皇的宫殿般的邸宅里去拜会尼扎姆的一位兄弟还是什么亲属，我记不清楚了。印度著名的女诗人奈都夫人好像同他也有什么亲戚关系。奈都夫人的女儿陪我们游遍全印，我们就在这里遇到奈都夫人的弟弟。他对我们非常热情，同我们谈到印度农民的生活情况，他们每年的收入，以及他们养的牛和收成等等，给我留下了深刻的印象。同印度上流社会的人物谈印度农民，这是比较少见的事。从他的言谈中，我体会到，他对印度农民怀有深切的关怀。这当然使我很受感动。他说话的情态、说话时的眼神至今我一闭眼仿佛就出现在眼前。我的印象：印度各阶层的人，许多都希望同中国加强联系，继承和发扬我们两国人民之间的传统友谊。

二十七年前的海德拉巴留给我的印象就只剩下了这一点点。如果需要归纳一下的话，我可以归纳为八个字：清新美妙，富丽堂皇。

一转瞬间，时间竟过去了二十七年，今天我又来到了海德拉巴。我看到的却完全是另一番景象：拥挤不堪的街道，熙熙攘攘的人群，中间奔驰着横冲直撞纵横交错的各种车辆。20世纪的汽车、摩托车，同公元前的马车、牛车并肩前进，快慢悬殊，而且好像是愿意怎样走就怎样走，愿意在什么地方停就在什么地方停，这当然更增加了混乱。行人的衣着也是五光十色，同这些车辆配合在一起形成了一幅色调迷乱但又好像有着内在节奏的图画，奏成了一曲喧声沸腾但又不十分刺耳的大合唱。

这就是我看到的今天的海德拉巴。如果需要归纳一下的话，我也可以归纳为八个字：喧阗吵闹，烟雾迷腾。

我有点迷惘，有点不解：难道这就真是海德拉巴吗？我记忆中的海德拉巴完全不是这个样子的，那一个海德拉巴要美妙得多、幽静得多。但是我眼前看到的却确实就是这个样子。那么究竟哪一个海德拉巴是真实的呢？两个当然都是真实的，但是两个似乎又都不够真实。最真实的只有印度人民对中国人民的深情厚谊。二十七年前是这样，今天仍然是这样。这一点是丝毫也不容怀疑的。

在海德拉巴，同在印度其他大城市一样，我们接触到的人民，对我们都特别友好。我们在这里参加过群众大会，也是人山人海，万头攒动，花环戴得你脖子受不住，眼睛看不见，花香猛冲鼻官，从鼻子一直香到心头。我曾到奥斯玛尼亚大学去参加全校欢迎大会，教授和学生挤满了大礼堂。副校长（在印度实际上就是校长）亲自出面招待，主持大会，并亲自致欢迎词。他在致词中说，希望我讲一讲教育和劳动的问题。我感到这个题目太大，大有不知从何处说起之感，临时决定讲中国唐代研究梵文的情况，讲到玄奘，讲到义净的《梵语千字文》和礼言的《梵语杂名》等等，似乎颇引起听众的兴趣。我知道，在印度，只要讲中印友谊，必然博得热烈的掌声，在海德拉巴也不例外。我们也参加了印中友好协会海德拉巴分会举行的欢迎大会。这次大会开得颇为新颖别致，同时却又生动热烈。大家都盘腿坐在地上，主席台上下完全一样。台上铺着极大的白布垫子，我们都脱掉鞋子坐在上面。照例给中国朋友大戴其花环。黄色花朵组成的花环，倒也罢了，红色玫瑰花组成的花环却引起了一点不安。鲜红的玫瑰花瓣从花环上不停地往下掉落，撒满了坐垫，原来雪白的坐垫，一下子变成了红色花毯。我们就坐在玫瑰花瓣丛中。坐碎了的花瓣染得白布上点点如桃花，芬芳的香气溢满鼻孔，飘拂在空中。我们就在这香气氤氲中倾听着中印两国朋友共颂中印友谊。

　　所有这一切当然都给我留下难以忘怀的甜蜜的回忆。但是最难以忘怀、最甜蜜的还是对海德拉巴动物园的参观。

　　印度许多大城市都有动物园。二十七年前我到印度的时候，曾经参观过不少。有的规模非常大，比如加尔各答的动物园,在世界上也是颇有一点名气的。印度由于气候的关系,动物繁殖很容易,所以动物的种类很多,数量很大。大象、猴子和蛇,更是名闻世界。海德拉巴的动物园并不特别大,里面动物也不算太多,但是却具有几个其他动物园没有的特色。为了让濒于绝种的狮子能够自由繁殖,人们在这个动物园里特别开辟了一大片山林,把狮子养在里面。一头雄狮可以带多至八头母狮,它们就这样组成了一个狮子家庭,自由自在地生活在荒草密林中。而要参观狮子的人却必须乘坐在带铁笼子的汽车里,开着汽车,到处寻觅狮子。陪我们参观的园主任很有风趣地说:"在别的地方是动物被锁在铁笼子里,让人来参观。在这里却是人被锁在铁笼子里让动物来参观。"我们心惊胆战地坐在车上,在丛莽榛榛的密林中绕了许多圈子,终于在一片树林中发现了狮子家庭。我们的心情立即紧张起来,满以为它们会大声一吼扑上前来。然而不然。狮子家庭怡然傲然躺在地上树荫里,似乎在午睡,听到汽车声,一动也不动。有几头母狮只懒洋洋地把眼睛了睁,重新闭上,大有不屑一顾之状。我们都有点失望了,没有得到我们心中所期望的那种惊险。我们喊了几声,狮群也是置之不理,我们的汽车停了一会,就重新开出门禁森严的狮子林。我们都是生平第一次坐在铁笼里被野兽欣赏。这当然别有风味在心头,我们也就都很满意了。

出了狮子林,又进老虎山。这里的老虎山也别具特色。我们到的时候,老虎还在山中河畔奔跳嬉戏。饲虎人发出了一声怪调,老虎立刻跑回到铁栅栏里,饲虎人乘机把一个铁门放下来，挡住了老虎的退路。老虎只好待在一个几丈见方的铁栅栏里，来回地绕圈子。这时园主任就亲切地招呼我们把手从铁柱子的缝隙里伸进铁栅栏去摸老虎。我们开头确实有点胆怯，手想伸又缩。中国俗话说"老虎屁股摸不得"，这话早已深入人心，老虎如何能去摸呢？但是园主任却再三敦促解释，说这老虎是在动物园里养大的，人抚摩它，它会感到高兴，吼上两声，是表示它内心的快乐，绝无恶意，用不着害怕。他并且还再三示范，亲自把手伸进铁栅栏，抚摩老虎的脖子和屁股。我也就战战兢兢地把手伸了进去，摸了一下老虎的屁股。中国俗话说是摸不得的东西我终于摸了，这难道不是一生中难以忘怀的事情吗？

我们转身又去看一只病豹，它被夹在一个铁笼子里，不能转身，不能乱动，这样医生就可以随意给它扎针注射。我们还去看了一只小老虎。园主任说，这只小老虎从小养在他家里，他的小孩就同它玩，像一只小猫似的。现在，不过才八个月，但已经知道龇牙咧嘴，大有不逊之意，不像小时候那样驯服好玩，只好把它关在笼子里了。

我们就这样参观了海德拉巴的动物园。这一切都可以说是奇遇，都是毕生难忘的。但是，这一切之所以难忘，并不在于猎奇，而在于印度劳动人民对我们自然流露出来的友好情谊。据我了解，在印度饲养狮虎的人大抵都是出身于低级种姓的劳动人民。我们刚进动物园的时候，并没有注意到他们，因为他们好像影子似的，悄悄地走路，悄悄地干活，不发出一点声音。仿佛到了狮子林老虎山，他们才突然出现在我们眼前。狮子林中，老虎山上，饲养员就是他们这一些人。另外还有一座狮子山，里面养着几头狮子，同前面讲的狮子林不是一回事，在这里狮子是圈在一片山林中的，人们站在壕沟旁边来欣赏它们。一个皮肤黝黑的饲养员发出一种类似"来，来"的声音。这当然不是中文的"来"，而好像是狮子的名字。听到呼喊自己的名字，猛然从密林深处响起一片惊雷似的怒吼，一头大雄狮狂奔过来。山洞中怒吼的回声久久不息。我们冷不防吃了一惊，我们下意识地就想躲开，但一看到前面的壕沟，知道狮子是跳不过来的，才安定了心神，以壕沟对面的雄狮为背景，大照其相。

到了此时，我才认真注意到这位饲养员的存在，如果没有他，我们是无论如何也无法把狮子叫过来的。我默默地打量着那位淳朴老实的印度劳动人民，心里油然兴起感激之情。

在上面讲到的狮林虎山中，照管狮子老虎的也同样是这些皮肤黝黑的劳动人民。他们大都不会讲英语，连我在二十七年前住在印度总统府中时遇到的那一位服务员也不例外。我们无法同他们攀谈，不管我们的主观愿望是如何地迫切，但是，只要我们一看他们那朴素的外表、诚恳的面容、和蔼的笑貌、老实的行动，就会被他们吸引住。如果再端详一下他们那黧黑的肤色，还有上面那风吹日晒的痕迹，我们就更会感动起来。同我们接触，他们不免有些拘谨，有些紧张，有些腼腆，甚至有些不知所措。但是他们那一摇头、一微笑的神态，却是充满了热情的。此时无言胜有言，这些无言的感受反而似乎胜过千言百语，语言反而成为画蛇添足的东西了。至于他们对新中国是怎样了解的,我说不清楚。恐怕连他们自己也说不清楚。他们可能认为中国是一个很神秘的国家,一个非常辽远的国家,但又是一个很友好的国家。他们可能对中国有一些不切实际的幻想。但是他们对中国有感情,对中国人民有感情,这是一眼就可以看出来的。至于像园主任这样的知识分子,他们都能讲英语,我们交流思想是没有困难的。他们对中国、对中国人的感情可以直接表达出来。此时有言若无言,语言作为表达人民之间的感情也是未可厚非的了。

我现在不再伤脑筋去思索究竟哪一个海德拉巴是真实的了。两者都是真实的,或者两者都不是真实的,这似乎是一个玄学的问题,完全没有回答的必要。勉强回答,反落言筌。不去回答,更得真意。海德拉巴的人民,同印度全国的人民一样,都对中国人民友好。因此,对我来讲,只有一个海德拉巴,这就是对中国友好的海德拉巴。这个海德拉巴是再真实不过的,我将永远怀念这样一个海德拉巴。

1979 年 2 月 21 日

天雨曼陀罗
——记加尔各答

《天雨曼陀罗》这个标题出自佛经。佛教传说：佛祖讲经说法，感动了天神，香花从天上纷纷落下。《妙法莲华经》说："尔时世尊，四众围绕，供养恭敬尊重赞叹，为诸菩萨说大乘经……佛说此经已，结跏趺坐，入于无量义处三昧，身心不动。是时天雨曼陀罗华、摩诃曼陀罗华、曼殊沙华、摩诃曼殊沙华，而散佛上及诸大众……"

曼陀罗花有多种颜色，形似喇叭，色美味香，印度人习惯用它做花环或花束来欢迎贵客。本文以参访活动的时间为序，记录了代表团到达的欢迎场面，在住地与印度各界朋友交流的情况、在郊区参观访问的情况。这些令人感动的场景一场接着一场，代表团处于友谊的海洋之中、花的海洋之中。熟悉印度古代典籍的季羡林，此时联想到佛祖降生时"步步生莲花"的传说和佛经里"天雨曼陀罗"的典故，是十分自然贴切的，以"天雨曼陀罗"作为标题，既含义深刻，又颇具历史感。

到了加尔各答,我们的访问已经接近尾声。我们已经访问了十一个印度城市,会见过成千上万的印度各阶层的人士。我自己认为,对印度人民的心情已经摸透了,绝不会一见到热烈的欢迎场面就感到意外、感到吃惊了。

然而,到了加尔各答,一下飞机,我就又感到意外、感到吃惊起来了。

我们下飞机的时候,已经过了黄昏。在淡淡的昏暗中,对面的人都有点看不清楚。但是,我们还能隐约认出我们的老朋友巴苏大夫,还有印中友协孟加拉邦的负责人黛维夫人等。在看不到脸上笑容的情况下,他们的双手好像更温暖了。一次匆忙的握手,好像就说出了千言万语。在他们背后,站着黑压压的一大群欢迎我们的印度朋友,他们都热情地同我们握手。照例戴过一通花环之后,我们每个人脖子上、手里都压满了鲜花,就这样走出了机场。

因为欢迎的人实在太多了,在机场前面的广场上,也就是说,在平面上,同欢迎的群众见面已不可能。在这里只好创造发明一下了:我们采用了立体的形式,登上了高楼,在三楼的阳台上,同站在楼下广场上的群众见面。只见楼下红旗招展,万头攒动,宛如波涛汹涌的大海。口号声此起彼伏,惊天动地,这就是大海的涛声。在訇隐匐磕的涛声中隐约听到"印中友谊万岁"的喊声。我们站在楼上拼命摇晃手中的花束,楼下的群众就用更高昂的口号声来响应。楼上楼下,热成一片,这热气好像冲破了黑暗的夜空。

　　第二天一大早，旅馆楼下的大厅里就挤满了人：招待我们的人、拜访我们的人、为了某种原因想看一看我们的人。其中有白发苍苍的大学教授，有活泼伶俐、满脸稚气的青年学生，有学习中国针灸的男女青年赤脚医生，有柯棣华纪念委员会和印中友好协会的工作人员，也有西孟加拉邦政府派来招待我们的官员。他们都热情、和蔼、亲切、有礼，青年人更是充满了求知欲。他们想了解新中国的政治、经济、文化、教育；他们想了解我们学习印度语言，其中包括梵文和巴利文的情况；他们想了解我们翻译印度文学作品的数量；他们甚至想了解我们对待中外文学遗产的做法。总之，有关中国的事情，他们简直什么都想知道。大概是因为他们知道我是在大学工作的，所以我往往就成了被包围的对象。只要我一走进大厅，立刻就有人围上来，像查百科全书似的问这问那。我看到他们那眼神，深邃得像大海，炽热得像烈火，灵动得像流水，欢悦得像阳春，我简直无法抑制住内心的激动了。

　　在旅馆以外，也有类似的情况。有一天下午，我参加了一个同印度知识界会面的招待会。出席的都是教授、作家、新闻记者等文化人，我被他们团团围住。许多著名的学者把自己的著作送给我们，书里面签上自己的名字。接着就是一连串的问题。我当然也不放过向他们学习的机会。我向他们了解大学的情况、文学界的情况，我也向他们提出了一连串的问题。我们就像分别多年的老友重逢一般相对欢笑着，互相询问着，专心致志，完全忘记了周围发生的事情，忘记了时间和空间。我有时候偶尔一抬头，依稀瞥见台上正有人唱着歌，好像中印两国的朋友都有；隐约听到悠扬的歌声，像是初夏高空云中的雷鸣声。再一转眼，就看到湖中小岛上参天古树的枝头落满了乌鸦，动也不动，像是开在树枝上的黑色的大花朵。

我们曾参观过加尔各答郊区的一个针灸中心。这里的居民一半是农民，一半是工人。同在其他地方一样，我们在这里也受到极其热烈的欢迎。附近工厂里的工人高举红旗，喊着口号，拦路迎接我们。农村的小学生穿上制服，手执乐器，吹奏出愉快的曲调，慢步走在我们前面，走过两旁长满了椰子树的乡间小路，走向针灸中心。农民站在道旁，热情地向我们招手。到了针灸中心，我们参加了村民欢迎大会。加尔各答四季皆夏，此时正当中午，炎阳直晒到我们头上。有七八个身穿盛装的女孩子，手执印度式的扇子，站在我们身后，为我们驱暑。我们实在过意不去，请她们休息。但是她们执意不肯，微笑着说："你们是最尊敬的客人，我们必须尽待客之礼。"尽管我们心里总感到有点不安，但是这样的感情，我们只有接受下来了。

更使我高兴的是，我们在加尔各答看到了真正的农民舞蹈。这一专场舞蹈是西孟加拉邦政府特别为我们安排的，新闻和广播部长亲自陪我们观看演出。在演出的过程中，他告诉我们演员都是农民，是刚从田地里叫来的。说实话,我真有点半信半疑。因为,在舞台上,他们都穿着戏装,戴着面具,我们看到的是珠光宝气,金碧辉煌。而且他们的艺术水平都很高超。难道这些人真正是农民业余演员吗?我真有点难以置信了。但是,演出结束后,他们一卸装,在舞台上排成一队,向我们鼓掌表示欢迎,果然都是面色红黑,粗手粗脚,是地地道道的劳动农民。我心里一阵热乎乎的,望着他们那淳朴憨厚的面孔,久久不想离去。

我们在加尔各答接触的人空前地多,接触面空前地广,给我们留下的印象也同印度其他城市不同。在其他城市,我们最多只能停留一两天;我们虽然也都留有突出的印象,但总是比较单纯的。但是,到了加尔各答,万汇杂陈,眼花缭乱,留给我们的印象之繁复、之深刻,是其他城市无法比拟的。我们在这里既有历史的回忆,又有现实的感受。加尔各答之行好像是我们这一次访问的高潮,好像是一个自然形成的总结。光是我们每天从工人、农民、知识分子手中接过来的花环和花束,就多到无法计算的程度。每一个花环,每一束花,都带着一份印度人民的情谊。每一次我们从外面回来,紫红色的玫瑰花瓣,洁白的茉莉花瓣,黄色的、蓝色的什么花瓣,总是散乱地落满旅馆下面大厅里的地毯,人们走在上面,真仿佛是"步步生莲花"一般。芬芳的暗香飘拂在广阔的大厅中。印度古书上常有天上花雨的说法,"天雨曼陀罗"的境界,我没有经历过。但眼前不就像那样一种境界吗?这花雨把这一座大厅变成了一座花厅、一座香厅。这当然会给清扫工作带来不少的麻烦,我们都感到有点歉意。但是,旅馆的工作人员看来却是高兴的,他们总是笑嘻嘻地看着这一切。就这样,不管加尔各答给我们的印象是多么繁复,多么多样化,但总有一条线贯穿其中,这就是印度人民的友谊。

而这种友谊在平常不容易表现的地方也表现了出来。我们在加尔各答参观了有名的植物园,这是我前两次访问印度时没有来过的。园子里古木参天,浓荫匝地,真像我们中国旧小说中常说的,这里有"四时不谢之花,八节长青之草"。给我印象最深的是一株大榕树。据说这是世界上最大的一株榕树。一棵母株派生出来了一千五百棵子树。结果一棵树就形成了一片林子。现在简直连哪棵是母株也无法辨认了。这一片"树林"的周围都用栏杆拦了起来。但是,栏杆可以拦住人,却无法拦住树。已经有几个地方,大榕树的子树,越过了栏杆,越过了马路,在老远的地方又扎了根,长成了大树。陪同我们参观的一位印度朋友很有风趣地说道:"这棵大榕树就像是印中友谊,是任何栏杆也拦不住的。"多么淳朴又深刻的话啊!

友谊是任何栏杆也拦不住的。如果疾病也算是一个栏杆的话,我就有一个生动的例子。我在加尔各答遇到了一个长着大胡子、满面病容的青年学生。他最初并没能引起我的注意,但是,他好像分身有术,我们所到之处几乎都能碰到他。刚在一处见了面,一转眼在另一处又见面了。我们在旅馆中见到了他,我们在加尔各答城内见到了他,我们在农村针灸中心见到了他,我们又在植物园里见到了他。他就像是我们的影子一样,紧紧地跟随着我们。我不由自主地想到了印度古代史诗《罗摩衍那》中的神猴哈奴曼,想到了中国长篇小说《西游记》中的孙悟空。难道我自己现在竟进入了那个神话世界中去了吗?然而我眼前看到的绝不是什么神话世界,而是活生生的现实。那个满面病容的、长着大胡子的印度青年正站在我们眼前,站在欢迎人群的前面,领着大家喊口号。一堆人高喊:"印中友谊——"另外一堆人接声喊:"万岁!万岁!"在这两堆人中间,他都是带头人。但是,有一天,我注意到他在呼喊间歇时,忽然拿出了喷雾器,对着自己嘴里直喷。我也知道,他是患着哮喘。我连忙问他喘的情况,他腼腆地笑了一笑,说道:"没什么。"第二天看到他没带喷雾器,我很高兴,问他:"今天是不是好一点?"他爽朗地笑了起来,连声说:"好多了!好多了!"接着又起劲地喊起"印中友谊万岁"来。他那低沉的声音似乎压倒了其他所有人的声音,他那苍白的脸上流下了汗珠。我深深地为这情景所感动。我无法知道,在这样一个满面病容的印度青年的心里蕴藏着多少对中国人民的深情厚谊。一直到现在,一直到我写这篇短文的时候,我还恍惚能看到他的面容,听到他的喊声。亲爱的朋友!可惜我由于疏忽,连你的名字也没有来得及问。但是,名字又有什么意义呢?我想把白居易的诗句改动一下:"同是心心相印人,相逢何必问姓名!"年轻的朋友,你是整个印度人民的象征,就让你永远做这样一个无名的象征吧!

1978 年 5 月 14 日

国际大学

印度国际大学由印度著名诗人、诺贝尔文学奖获得者拉宾德拉纳特·泰戈尔于1921年创建，因而又被称为泰戈尔大学。这是他利用自己家庭的产业和人们受他人格和理想的感召而捐赠的土地，经过多年的努力，亲手创办的。20世纪40年代，圣雄甘地曾到此地看望泰戈尔。当时，年届八旬、健康状况不佳的泰戈尔以这所学校相托，并得到甘地的承诺。印度独立后，印度议会于1951年通过议案，宣布该大学为中央大学。

1924年，泰戈尔应邀访华，十三岁的少年季羡林在济南有幸见到这位仙风道骨的诗翁，印象深刻。季羡林终生从事印度学研究，对泰戈尔怀有深厚的感情。他筹办过泰戈尔画展，写过多篇介绍泰戈尔的文章，包括长文《泰戈尔与中国》，还翻译出版了黛维夫人的长篇传记《家庭中的泰戈尔》。季羡林在本文中引述了1924年泰戈尔访华时讲演中的几段话，又引用了20世纪50年代一位孟加拉青年诗人的诗句，以此说明中印两国人民的休戚与共、心灵相通。

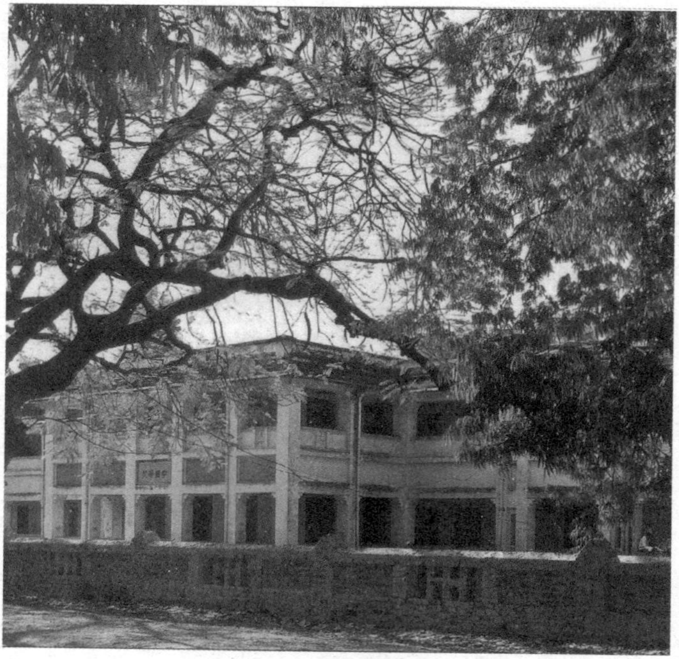

我怎样来描绘国际大学留给我的印象呢？这个名字是紧密地同印度大诗人泰戈尔的名字联系在一起的，而我又是在学生时代见到过泰戈尔的一个人。因此谈一谈国际大学，对我来说好像就是责无旁贷、义不容辞了。

1951年，我第一次访问印度，曾在圣地尼克坦国际大学住了两夜，就住在泰戈尔的故居叫作北楼的一座古旧的房子里。第二天一大早，我起来到楼外去散步。楼外是旭日乍升，天光明朗，同楼内形成了鲜明的对比。参天的榕树、低矮的灌木，都葱葱郁郁，绿成一团。里面掺杂着奇花异草，姹紫嫣红。我就在这红绿交映中，到处溜达，到处流连。最引起我的注意的是泰戈尔生前做木匠活的一些工具，如斧头、刨、锯之类。眼前一亮，我瞥见在我身后小水池子里，正开着一朵红而大的水浮莲，好像要同朝阳争鲜比艳。

又过了二十多年，我又带着对那一朵水浮莲的回忆到国际大学来访问了。

在路上，我饱览了西孟加拉的农村景色。马路两旁长着古老的榕树，中间夹杂着高大的木棉树。大朵的红花开满枝头，树下落英缤纷，成了红红的一堆。我忽然想起了王渔洋的诗句："好是日斜风定后，半江红树卖鲈鱼。"我知道，这里说的红树是指经霜的枫树，与木棉毫不相干。但是，两者都是名副其实的红树，两者都是我所喜欢的，因而就把它们联想在一起了。我喜欢我心中的红树。

猛然间从路旁的稻田和菜田里惊起了一群海鸥似的白色的鸟，在绿地毯似的稻田上盘旋了几圈以后，一下子翻身飞了上去，排成一列长队，飞向遥远的碧空，越飞越小，最后只剩下几星白点，没入浩渺的云气中。我立刻又想到杜甫的诗句："江湖多白鸟，天地有青蝇。"我并不知道，杜甫所说的白鸟究竟是什么东西。但是，我眼前看到的确实是白鸟，我因而又把它们联想在一起了。我喜欢我心中的白鸟。

快到圣地尼克坦的时候，汽车正要穿过一个十字路口，突然从两旁跑出来了一大群人，人人手持红旗，高呼口号。这是等候着拦路欢迎我们的印度朋友。我们下车，同他们握手、周旋，又上车前进。但是，走了很短一段路，路两旁又跑出来了一大群人，又是人人手执红旗，高呼口号。我们又下车，同他们握手、周旋，然后上车前进。就这样，当我们的旅程快要结束的时候，我突然从大自然回到了人间，感受到印度人民的友情。

圣地尼克坦到了。这时候，大学副校长、教员和学员、中国学院的教员和学员已经站在炎阳下，列队欢迎我们，据说已经等了很长的时间。接着来的是热情的招待会和茶会，热情的握手和交谈。西孟加拉邦政府的一位部长特地从加尔各答赶了来，在一个中学里为我们举行了盛大的欢迎会。紧跟着是参观中国学院。我万没有想到，在万里之外，竟会看到我们敬爱的周总理的手迹。我的眼睛突然亮了起来，心里热乎乎的。我们匆匆吃过晚饭，又到大草坪去参加全校的欢迎大会，会后又欣赏印度舞蹈，到副校长家去拜访。总之，整个下午和整个晚上，一刻也没有停，忙得不可开交。

第二天一大早，我就起来到室外散步。我念念不忘，想寻觅那一朵水浮莲。不但水浮莲看不到，连那一个小水池子也无影无踪了。我怅望着参天的榕树和低矮的灌木，心里惘然。我们参观了学生上朝会和在大榕树下面席地上课以后，就去参观泰戈尔展览馆。展览馆是一座新建的漂亮的楼房。有人告诉我，这地址就是以前的北楼，我的心一跳，一下子回到了二十年前去。我仿佛看到老诗人穿着他那身别具风格的长袍，白须飘拂，两眼炯炯有神，漫步走在楼梯上、房间中、草地上、树荫下，他嘴里曼声吟咏着新作成的诗篇。我仿佛听到老诗人在五十多年前访问中国时对中国人民讲的话："印度认为你们是兄弟，她把她的爱情送给了你们"，"在亚洲，我们必须团结起来，不是通过机械的组织的办法，而是通过真诚同情的精神"，"现在仍然持续着的这个时代，必须被描绘成为人类文明中最黑暗的时代。但是，我并不失望，有如早晨的鸟，甚至当黎明还处在朦胧中时，它就高唱，宣布朝阳的升起，我的心也宣布伟大的未来将要来临，它已经来到我们身旁。我们必须准备去迎接这个新时代"。

　　老诗人离开我们已经很久很久了。但是他在印度人民心中，特别是在孟加拉人民心中的影响还是存在的。他对中国人民的深情厚谊已经在别人的心中生了根，发了芽。我无论如何也忘不掉我二十多年前第一次访问印度时一位年轻的孟加拉诗人那歌唱新中国的热情奔放的诗句：

　　　　而现在铃声响了，
　　　　它为我而响。

它把我的热爱之歌响给你们听,
中国,我的中国。
它唱着你那和平幸福的新生活,
中国,我的中国。
它响在人类解放的黎明中,
从许多世纪古老的奴役中解放出来,
中国,我的中国。
而现在这铃声把我的敬礼传给你,
中国,我的中国。

如果我现在就借用这样的诗句来描绘国际大学和泰戈尔给我的印象,难道说不是很恰当的吗?加尔各答是我们这次访问的最后一站,就让这些洋溢着无量热情的诗句永远留在我们的记忆中吧!

1978 年 5 月

重过仰光

季羡林首次访问缅甸是1951年随中国文化代表团出访;第二次是1959年应邀参加缅甸研究会(相当于科学院)成立五十周年纪念大会;1962年这一次是他第三次访问缅甸,仰光是他参加中国代表团出访中东的一站。所以,文章标题是《重过仰光》,"过"者,路过也。

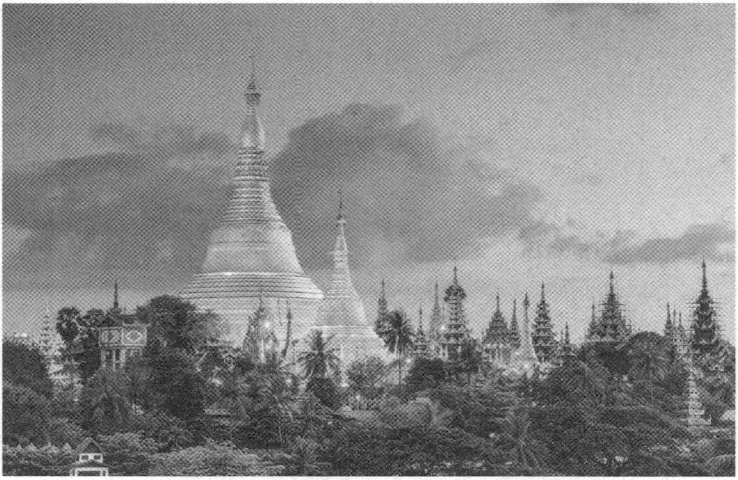

重过仰光

从飞机的小窗子里看下去,地面上闪出一团金光,高高地突出在一片浓绿之上。我心里想:仰光到了。

是的,仰光到了。几分钟以后,我们就下了飞机,踏上了这一个美丽的城市的土地。

踏上这里的土地,我心里是温暖的。

又怎么能不温暖呢?我真仿佛同这一个美丽的城市结了缘,在短短十年之内,我这是第六次来到这里了。

第一次是坐船来的。船一转进伊洛瓦底江,就看到远处在云霭缥缈中,有一个高塔耸入蔚蓝的晴空,闪着耀眼的金光。有人告诉我,这就是有名的大金塔,是仰光的象征。

从此,这一座仿佛只能在神话里才能看到的大金塔和这一个可爱的城市就在我心里生了根。

第一次,我在这里住的时间比较长,几乎有三个星期。我走遍了所有的主要街道。我既爱挂满了中国字招牌的华侨聚居的广东大街,它让我想到我们的祖国,说实话,这里的中国味真像国内一样浓烈,我也爱两边长满了绿树的郊区的街道。在这里常常会碰到几头神牛,慢悠悠地在绿树丛中转来转去。我十分欣赏它们那种高视阔步睥睨一切,仿佛是天上天下唯我独尊的神气。

我参观了所有的应该参观的地方,其中当然包括大金塔。第一次参观这座佛塔的印象是永生难忘的。我赤着脚走过长长的两旁摆满了花摊的走廊,一步步走上去,终于走到大塔跟前。脚踏在大理石铺的地上,透心地凉。这的确是一个很奇妙的地方。不知道有多少大大小小的殿堂,里面坐满各种各样的佛像。许多善男信女就长跪在这些佛像

117

面前,闭目合掌,虔心祷祝。有的烧香,有的泼水,有的供鲜花,有的点蜡烛,有的口中念念有词,大概是对佛爷说话吧。对我来说,这些都是十分新鲜有趣的。至于大金塔本身,那真不愧是一个黄色的奇迹。那么大一座东西,身上竟都糊满了金纸,看上去就像是黄金铸成。整个塔闪着耀眼的金光,比从船上看显得强烈多了。这金光仿佛把周围的一切楼阁殿堂、一切人物树木都化成了黄金色,这金光仿佛弥漫了宇宙。

从那以后,我的一切活动仿佛都离不开这一个黄色的奇迹;因为,在全城任何地方,只要抬头,总可以看到它,金光闪闪,高高地突出在一片浓绿之上。

我的活动是多方面的。我曾访问过仰光大学,同教授们会了面,看了学生的宿舍。我曾看过缅甸艺术家的画廊,欣赏那些五光十色的杰作。我曾拜访过作家和电影演员,他们拿出自己精心编演的影片,给我们美的享受。

这一切都是使人难忘的,但是最令人难忘的还是这里的华侨。他们有的在这里已经住了几代,有的住了几十年,他们一方面同本地人和睦相处,遵守本地的法令,对于这个国家的建设工作也贡献了一些力量;另一方面,他们又热爱自己的祖国,用最大的毅力来保留祖国的风俗习惯。只要祖国有人来,他们就热情招待。我每次同他们接触,都觉得从他们身上学习了一些东西。

此外,还有一个使我永远不能忘怀的人。他是一个十几岁的缅甸孩子,他在一所豪华富丽的旅馆里当服务员。我曾在这里住过一些时候,出出进进,总看到这个男孩子站在大门内的服务台旁边,瞪着一双又圆又大的眼睛,露着一嘴白牙,脸上满是笑容。我很喜欢他,他似乎对我也有一些好感,不久我们就成了朋友。每次我从外面回来,他总跑着迎上去,抢走我手里拿着的东西,飞跑上楼,送到我的房间里。我每次出门,他总跑出去,招呼车辆。我离开这个旅馆的时候,他流露出十分强烈的惜别的情绪,握住我的手,再三说要到北京来看我。

这一切都是过去的事情了。但是,它却并没有因为过去而被遗忘,而是正相反:我每次走过仰光,总不由自主地要温习一遍,时间越久,印象越深刻,历历如绘,栩栩如生,仿佛是昨天才发生的事情。

现在我又来到仰光了。一走下飞机,我就下定决心,要把我回忆中的那些人物和地方都再去看上一看,重新温理旧梦。

当天下午,我就到华侨中学去看中国国家男子篮球队同这个中学的校队比赛篮球。在球场上,我遇到了许多华侨界的老朋友,我们握手话旧,喜上眉梢。那些华侨学生,一个个精力充沛,像生龙活虎一般,看了不由得从心里喜爱。他们为欢迎国家篮球队挂了一幅大标语,上面写着:"欢迎祖国来的亲人。"我觉得其中也有我一份,让我一出国就感到无限温暖。

今天早晨,在半睡半醒中,听到楼外面呀呀乱叫,闹嚷嚷吵成一团。我从窗子里看出去:成群的乌鸦飞舞在叶子像翡翠似的大树的周围。它们大声呼喊,震耳欲聋,仿佛不知道世界上还有别的动物,想把世界独占。应该说,我是并不怎样欣赏这种鸟的。但是，在仰光看到这一些浑身黑得像炭精一样的鸟，听到它们哑哑的叫声，我却并不感到多大厌恶。因为它们让我清清楚楚地感觉到，我现在不是在世界上任何城市，而是在缅甸的仰光。这种感觉对我来说是十分珍贵的，我愿意常常保持这种感觉。

大金塔，我当然还是要去拜访一次的。几年没见，我这老朋友似乎越来越年轻了。塔本身大概又重新贴了金，那些小塔也好像是都洗过澡，换上了新衣服，一个个金光闪闪，让人不敢逼视。因为是在早晨，拜佛的人不多，但是也有一些人跪在佛像前，合掌顶礼，焚烧香烛，嘴里祷祝着什么。还有人带着大米来喂鸟，把米一把把地撒在大理石铺的地上。珍珠似的米粒在地上跳动，宛如深蓝色的水面上激起的雪似的浪花。一群鸽子和乌鸦拥挤着，抢着来啄食米粒，吃完再飞上金塔。远远望去，好像是大块黄金上镶嵌了无数的黑宝石。

因为这一次在这里只能停留几天，我们的活动不多。但是我已经很满意了。我怀念的那一些人和那一些地方，我几乎都看到了。我将怀着一颗温暖的心离开这个美丽的城市，走向离开祖国更远的地方去。如果说还感觉到什么美中不足的话，那就是，我没有能够看到那一个在旅馆里工作的小男孩。我在深切地怀念着他。他什么时候才能到北京来看我呢？

1962 年 11 月 25 日于仰光

尼泊尔随笔

1986年11月24—30日,季羡林前往尼泊尔出席世界佛教大会。在加德满都,见到与国内迥异的自然、人文环境,他心有所思,利用每天凌晨的时间,写了六篇小品文,组成《尼泊尔随笔》,这里选其中五篇。

《尼泊尔随笔》虽没有华丽的语言,但在平实无华的叙述中,透露出许多深刻的人生哲理,读过之后让人的心灵不禁为之一振。作品构思精巧、语言幽默、文笔精妙,读来可以领略和欣赏季羡林先生深厚的文学功底、为人处世的原则以及对待人生的态度。

初到尼泊尔,一向早起的季羡林在宾馆写下飞越珠峰的经历后,天还未亮,时间尚早,于是他又开始写《加德满都的狗》。狗是季羡林喜欢的动物,这与他早年的经历有关。季羡林母亲去世以后,一条老狗天天守护在家门前,不肯离去,给季羡林留下了终生难忘的记忆。《乌鸦和鸽子》是季羡林到达尼泊尔第三天的凌晨写成的。来到加德满都,他意外地发现这里有大群的乌鸦和鸽子。在南亚国家,如印度、缅甸、尼泊尔,人们普遍信仰印度教和佛教，提倡不杀生，所以那里的野生动物不仅能够安全繁衍，而且享受着神的待遇——供奉神灵的食物，绝大部分都被它们享用了。冬季的加德满都，由于空气湿度大，昼夜温差大，早晨和上午经常大雾弥天。写罢《乌鸦和鸽子》的季羡林，对着窗外弥漫的浓雾出神，进入遐思，借"雾"说理，挥笔写下了《雾》。季羡林到达加德满都第四天凌晨，写了一篇《神牛》。神牛在尼泊尔是一种奇特的景观。在城市里，在车水马龙的大街上，成群结队的神牛悠然自得地闲逛，甚至卧地酣睡，无人惊扰。《游兽主大庙》是季羡林《尼泊尔随笔》中的最后一篇。由于该庙不对非印度教徒开放，所以季羡林只能在门口走走看看。季羡林写下了此庙的周围环境，来此朝拜或观光以及做生意的各色人等，栖息在高阁上的鸽子、跳跃在屋顶上的猴群，宛如一幅色彩明丽的风景画，展现在读者面前。

加德满都的狗

　　我小时候住在农村里,终日与狗为伍,一点也没有感觉到狗这种东西有什么稀奇的地方。但是狗却给我留下了极其深刻的印象。我母亲逝世以后,故乡的家中已经空无一人。她养的一条狗——连它的颜色我现在都回忆不清楚了——却仍然日日夜夜卧在我们家门口,守着不走。女主人已经离开人世,再没有人喂它了。它好像已经意识到这一点。但是它却坚决宁愿忍饥挨饿,也决不离开我们那破烂的家门口。黄昏时分,我形单影只从村内走回家来,屋子里摆着母亲的棺材,门口卧着这一只失去了主人的狗,泪眼汪汪地望着我这个失去了慈母的孩子,有气无力地摇摆着尾巴,嗅我的脚。茫茫宇宙,好像只剩下这只狗和我。此情此景,我连泪都流不出来了,我流的是血,而这血还是流向我自己的心中。我本来应该同这只狗相依为命,互相安慰。但是,我必须离开故乡,我又无法把它带走。离别时,我流着泪紧紧地搂住了它,我遗弃了它,真正受到良心的谴责。几十年来,我经常想到这一只狗,直到今天,我一想到它,还会不自主地流下眼泪。我相信,我离开家以后,它也决不会离开我们家门口。它的结局我简直不忍想下去了。母亲有灵,会从这一只狗身上得到我这个儿子无法给她的慰藉吧。

　　从此,我爱天下一切狗。

　　但是我迁居大城市以后,看到的狗渐渐少起来了。最近多少年以来,北京根本不许养狗,狗简直成了稀有动物,只有到动物园里才能欣赏了。

我万万没有想到,我到了加德满都以后,一下飞机,就在机场受到热情友好的接待。汽车一驶离机场,驶入市内,在不算太宽敞的马路两旁就看到了大狗、小狗,黑狗、黄狗,在一群衣履比较随便的小孩子中间,摇尾乞食,低头觅食。

这是一件小事,却使我喜出望外:久未晤面的亲爱的狗竟在万里之外的异域会面了。

狗们大概完全不理解我的心情,它们大概连辨别本国人和外国人的本领还没有学会。我这里一往情深,它们却漠然无动于衷,只是在那里摇尾低头,到处嗅着,想找点什么东西吃吃。

晚上,我们从中国大使馆回旅馆的时候,天已经完全黑了。加德满都的大街上,电灯不算太多,霓虹灯的数目更少一些。我在阴影中又隐隐约约地看到了大狗、小狗,黑狗、黄狗,在那里到处嗅着。回到旅馆,在沐浴后上床的时候,从远处的黑暗中传来了阵阵的犬吠声。古人说,深夜犬吠若豹。我现在听到的不是吠声若豹,而是吠声若犬。这事当然并不稀奇。可这并不稀奇的若犬的犬吠声却给我带来了无尽的甜蜜的回忆。这甜蜜的犬吠声一直把我送入我在加德满都过的第一夜的梦中。

1986 年 11 月 25 日凌晨

乌鸦和鸽子

傍晚,我们来到了清凉宫。正当我全神贯注地欣赏绿玉似的草地和珊瑚似的小红花的时候,忽然听到天空里一阵哇哇的叫声。啊!是乌鸦。一片黑影遮蔽了半个天空。想不到暮鸦归巢的情景竟在这里看到了。

这使我立即想起了三十多年以前我第一次缅甸之行。我首先到了仰光,那种堆绿叠翠的热带风光牢牢地吸引住了我。但是,更吸引住了我、使我感到无限惊异的是那里的乌鸦之多。我敢说,在世界的任何地方都不会有这么多的乌鸦。据说,缅甸人虔信佛教,佛教禁止杀生到了可笑的地步。乌鸦就乘此机会大大地繁殖起来,其势猛烈,大有将三千大千世界都化为乌鸦王国的劲头。

我曾在距离仰光不太远的伊洛瓦底江口看到我生平第一次见到的最大的乌鸦群,恐怕有几万只。停泊在江边的大小船上的桅杆上、船舱上、船边上,到处都落满了乌鸦,漆黑一大片。在空中盘旋飞翔的,数目还要超过几倍。简直成了乌鸦的世界、乌鸦的天堂、乌鸦的乐园、乌鸦的这个、乌鸦的那个,我理屈词穷,我说不出究竟是乌鸦的什么了。

今天早晨,也就是到清凉宫去的第二天的早晨,我参观哈奴曼多卡古王宫时,我又第二次看到了我生平见到的最大的乌鸦群之一,大概有上千只吧。它们忽然一下子从王宫高塔的背面飞了出来,嗡哨一声,其势惊天动地,在王宫天井上盘旋了一阵,又嗡哨一声,飞到不知道什么地方去了。

乌鸦在中国古代被认为是不吉祥的动物，名声不佳。人们听到它们的鸣声，往往起厌恶之感。可是这些年以来，在北京，甚至在树木葱茏的燕园里面，除了麻雀以外，别的鸟很少见到了。连令人讨厌的乌鸦也逐渐变得不那么讨厌了。它们那种绝不能算是美妙的叫声，现在听起来大有日趋美妙之势了。

我在加德满都不但见到了乌鸦，而且也见到了鸽子。

鸽子在北京现在还是能够见到的，都是人家养的，从来没有听说过野鸽子。记得我去年春天到印度新德里去参加《罗摩衍那》的作者蚁蛭国际诗歌节，住在一所所谓五星旅馆的第十九层楼上。有一天，我出去开会，忘记了关窗子。回来一开门，听到鸽子咕噜咕噜的叫声。原来有两位长着翅膀的不速之客，乘我不在的时候，到我房间里来了。两只鸽子就躲在我的沙发下面亲热起来，谈情说爱，卿卿我我，正搞得火热。看到我进来，它俩坦然，无动于衷，丝毫没有想逃避的意思，也看不出一点内疚之意。倒是我对于这种"突然袭击"感到有点局促不安了。原来印度人绝不伤害任何动物。鸽子们大概从它们的鼻祖起就对人不怀戒心，它们习惯于同人们和平共处了。反观我们自己的国家，情况有很大的不同。专就北京来说，鸟类的数目越来越少。每当我在燕园内绿树成荫的地方，或者在清香四溢的荷花池边，看到年轻人手持猎枪、横眉竖目，在寻觅枝头小鸟的时候，我简直内疚于心，说不出话来。难道在这些地方我们不应该向印度等国家学习吗？

我不是哲学家,也不喜欢,更不擅长去哲学地思考。但是古今中外都有不少的哲人,主张人与大自然应该浑然一体,人与鸟兽(有害于人类的适当除外)应该和睦相处,相向无猜,谁也离不开谁,谁都在大自然中有生存的权利。我是衷心地赞成这些主张的。即使到了人类大同的地步,除了人与人之间的关系应该同过去完全不同之外,人与大自然的关系,其中也包括人与鸟兽的关系,也应该大大地改进。我不相信任何宗教,我也不是素食主义者。人类赖以为生的动植物,非吃不行的,当然还要吃。只是那些不必要的、损动物而不利己的杀害行为,应该断然制止。写到这里,我忽然想到一件不大不小的事:过去有一段时间,竟然把种草养花视为修正主义。我百思不得其解。有这种主张的人有何理由? 是何居心? 真使我惊诧不已。世界一切美好的东西,不管是人类,还是鸟兽虫鱼、花草树木,我们都应该会欣赏,有权利去欣赏。我认为,这是天经地义的真理。难道在僵化死板的气氛中生活下去才算得上唯一正确吗?

写到这里,正是黎明时分。窗外加德满都的大雾又升起来了。从弥漫天地的一片白色浓雾的深处传来了咕咕的鸽子声,我的心情立刻为之一振,心旷神怡,好像饮了尼泊尔和印度神话中的甘露。

1986 年 11 月 26 日凌晨

雾

浓雾又升起来了。

近几天以来,我早晨起床后第一件事就是推开窗子,欣赏外面的大雾。

我从来没有喜欢过雾。为什么现在忽然喜欢起来了呢?这其中有一点因缘。前天在飞机上,当飞临西藏上空时,机组人员说,加德满都现在正弥漫着浓雾,能见度只有一百米,飞机降落怕有困难。加德满都方面让我们飞得慢一点。我当时一方面有点担心,害怕如果浓雾不消,我们将降落何方?另一方面,我还有点好奇:加德满都也会有浓雾吗?但是,浓雾还是消了,我们的飞机按时降落在尼泊尔首都机场,场上阳光普照。

因此,我就对雾产生了好奇心和兴趣。

抵达加德满都的第二天凌晨,我一起床,推开窗子:外面是大雾弥天。昨天下午我们从加德满都的大街上看到城北面崇山峻岭,重峦叠嶂,个个都戴着一顶顶白帽子,这些都是万古雪峰,在阳光下闪出耀眼的银光。这是我生平第一次看到这种景象,我简直像小孩子一般地喜悦。现在大雾遮蔽了一切,连那些万古雪峰也隐没不见,一点影子也不给留下。旅馆后面的那几棵参天古树,在平常时候,高枝直刺入晴空,现在只留下淡淡的黑影,衬着白色的大雾,宛如一张中国古代的画。昨天抵达旅馆下车时,我看到一个尼泊尔妇女背着一筐红砖,倒在一大堆砖上。现在我看到一个男子，手里拿着一堆红红的东西。我以为他拿的也是红砖。但是当他走得近了一点时，我才发现那一堆红红的东西簌簌抖动，原来是一束束红色的鲜花。我不禁自己笑了起来。

正当我失神落魄地自己暗笑的时候，忽然听到不知从哪里传来的咕咕的叫声。浓雾虽然遮蔽了形象，但是却遮蔽不住声音。我知道，这是鸽子的声音。当我侧耳细听时，又不知从哪里传来了阵阵的犬吠声。这都是我意想不到的情景。我万万没有想到，我在加德满都学会了喜欢的两种动物——鸽子和狗，竟同时都在浓雾中出现了。难道浓雾竟成了我在这个美丽的山城里学会欣赏的第三件东西吗？

世界上，喜欢雾的人似乎是并不多的。英国伦敦的大雾是颇有一点名气的。有一些作家写散文、写小说来描绘伦敦的雾，我们读起来觉得韵味无穷。对于尼泊尔文学我所知甚少，我不知道，是否也有尼泊尔作家专门写加德满都的雾。但是，不管是在伦敦，还是在加德满都，明目张胆大声赞美浓雾的人，恐怕是不会多的，其中原因我不甚了了，我也没有那种闲情逸致去钻研探讨。我现在在这高山王国的首都来对浓雾大唱赞歌，也颇出自己的意料。过去我不但没有赞美过雾，而且也没有认真去观察过雾。我眼前是由赞美而达到观察，由观察而加深了赞美。雾能把一切东西，美的、丑的、可爱的、不可爱的，都给罩上一层或厚或薄的轻纱，让清楚的东西模糊起来，从而带来了另外一种美，一种在光天化日之下看不到的美，一种朦胧的美，一种模糊的美。

一些时候以前,当我第一次听到"模糊数学"这个名词的时候,我曾说过几句怪话:数学比任何科学都更要求清晰、要求准确,怎么还能有什么模糊数学呢?后来我读了一些介绍文章,逐渐了解了模糊数学的内容。我一反从前的想法,觉得模糊数学真是一个了不起的发现。在人类社会中,在日常生活中,在社会科学和自然科学中,有着大量模糊的东西。无论如何也无法否认这些东西的模糊性。承认这个事实,对研究学术和制定政策等等都是有好处的。

在大自然中怎样呢?在大自然中模糊不清的东西更多。连审美观念也不例外。有很多东西,在很多时候,朦胧模糊的东西反而更显得美。月下观景,雾中看花,不是别有一番情趣在心头吗?在这里,观赏者有更多的自由,自己让自己的幻想插上翅膀,上天下地,纵横六合,神驰于无何有之乡,情注于自己制造的幻象之中;你想它是什么样子,它立刻就成了什么样子,比那些一清见底、纤毫不遗的东西要好得多,而且绝对一清见底、纤毫不遗的东西,在大自然中是根本不存在的。

我的幻想飞腾,忽然想到了这一切。我自诧是神来之笔,我简直陶醉在这些幻象中了。这时窗外的雾仍然稠密厚重,它似乎了解了我的心情,感激我对它的赞扬。它无法说话,只是呈现出更加美妙更加神秘的面貌,弥漫于天地之间。

1986 年 11 月 26 日

神　牛

　　我又和我的老朋友神牛在加德满都见面了。这是我意料中但又似乎有点出乎意料的事情。

　　过去,我曾在印度的加尔各答和新德里等大城市的街头见到过神牛。三十多年以前我第一次访问印度的时候,在加尔各答那些繁华的大街上第一次见到神牛。在全世界上似乎只有信印度教的国家才有这种神奇的富有浪漫色彩的动物。当时它们在加尔各答的闹市中,在车水马龙里面,在汽车喇叭和电车铃声的喧闹中,三五成群,有时候甚至结成几十头上百头的庞大牛群,昂首阔步,威仪俨然,真仿佛天上天下,唯我独尊。它们对人类社会的一切现象,对人类一切的新奇的发明创造,什么电车汽车,又是什么自行车摩托车,全不放在眼中。它们对人类的一切显贵,什么公子、王孙,什么体操名将、电影明星,什么学者、专家,全不放在眼中。它们对人类创造的一切法律、法规,全不放在眼中。它们是绝对自由的,愿意到什么地方去就到什么地方去,愿意在什么地方卧倒就在什么地方卧倒。加尔各答是印度最大的城市,大街上车辆之多、行人之多,令人目瞪口呆,从公元前就有的马车和牛车,直至最新式的流线型的汽车,再加上涂饰华美的三轮摩托车,有上下两层的电车,无不具备。车声、人声、马声、牛声,混搅成一团,喧声直抵印度神话中的三十三天。在这种情况下,几头神牛,有时候竟然兴致一来,卧在电车轨道上,"我困欲眠君且去",闭上眼睛,睡起大觉来。于是汽车转弯,小车让路,电车脱离不了轨道,只好停驶。没有哪一个人敢去驱赶这些神牛。

对像我这样的外国人来说,这种情景实在是"匪夷所思",实在是非常有趣。我很想研究一下神牛的心理。但是从它们那些善良温顺的大眼睛里,我什么也看不出,猜不出。它们也许觉得,人类真是奇妙的玩意儿。他们竟然聚居在这样大的城市里,还搞出了这样多不用马拉牛拖就会自己跑的玩意儿。这些神牛也许会想到,人这种动物反正都害怕我们,没有哪一个人敢动我们一根毫毛,我们索性就愿意怎样干就怎样干吧。

但是,据我的观察,它们的日子也并不怎么好过。虽然没有人穿它们的鼻子,用绳子牵着走,但是稍有违抗,则挨上一鞭,也没有人按时给它们喂食喂水。它们只好到处游荡,自己谋食。看它们那种瘦骨嶙峋的样子,大概营养也并不好。而且它们虽然被认为是神牛,并没有长生不老之道,它们的死亡率并不低。当我隔了二十年第二次访问加尔各答的时候,在同一条大街上,我已经看不到当年那种十几头上百头牛游行在一起的庞大阵容了。只剩下零零落落的几头老牛徘徊在那里,寥若晨星,神牛的家族已经很不振了。看到这情景,我倒颇有一些寂寞苍凉之感。但是神牛们大概还不懂什么牛口学(对人口学而言),也不懂什么未来学,它们不会为 21 世纪的牛口问题而担忧,这也算是一种难得糊涂吧。

我似乎不曾想到,隔了又将近十年,我来到了尼泊尔,又在加德满都街头看到久违的神牛了。我在上面曾说到这次重逢是在意料中的，因为尼泊尔同印度一样是信奉印度教的国家。我又说有点出乎意料，不曾想到，是因为尼泊尔毕竟不是印度。不管怎么样，我反正是在加德满都又同神牛会面了。

在这里，神牛的神气同印度几乎一模一样，虽然数目悬殊。在大马路上，我只见到了几头。其中有一头，同它的印度同事一样，走着走着，忽然卧倒，傲然地躺在马路中间，摇着尾巴，扑打飞来的苍蝇，对身旁驶过的车辆，连瞅都不瞅。不管是什么样的车辆，都只能绕它而行，绝没有哪一个人敢去惊扰它。隔了几天，我又在加德满都郊区看见了几头，在青草地上悠然漫步。它是不是有"食草绿树下，悠然见雪山"的雅兴呢？我不敢说。可是我看到它那种悠闲自在的神态，真正羡慕煞人，它真像是活神仙了。尼泊尔是半热带国家，终年青草不缺，这就为神牛的生活提供了保证。

神牛们有福了！

我祝愿神牛们能够这样优哉游哉地活下去。我祝愿它们永远不会想到牛口问题。

神牛们有福了！

1986 年 11 月 27 日凌晨

游兽主大庙

我们从尼泊尔皇家植物园返回加德满都城，路上绕道去看闻名南亚次大陆的印度教的圣地兽主大庙。

大庙所处的地方并不重要,要走过几条狭窄又不十分干净的小巷子才能走到。尼泊尔的圣河,同印度圣河恒河并称的波特摩瓦底河,流过大庙前面。在这一条圣河的岸边上建筑了几个台子,据说是焚烧死人尸体的地方,焚烧剩下的灰就近倾入河中。这一条河同印度恒河一样,据说是通向天堂的。骨灰倾入河中,人就上升天堂了。

兽主是印度教三大主神之一,平常被称作湿婆的就是。湿婆的象征 linga,是一个大石柱。这里既然是湿婆的庙,所以 linga 也被供在这里,就在庙门外河对岸的一座石头屋子里。据说,这里的妇女如果不生孩子,来到 linga 前面烧香磕头,然后用手抚摩 linga,回去就能怀孕生子。是不是真的这样灵验呢?而只有天知道或者湿婆大神知道了。

庙门口惶惶然立着一个大木牌,上面写着"非印度教徒严禁入内"。我们不是印度教徒,当然只能从外面向门内张望一番,然后望望然去之。庙内并不怎样干净,同小说中描绘的洞天福地迥乎不同。看上去好像也并没有什么神圣或神秘的地方。古人诗说:"凡所难求皆绝好。"既然无论如何也进不去,只好觉得庙内一切"皆绝好"了。

人们告诉我们,这座大庙在印度也广有名气。每年到了什么节日,信印度教的印度人不远千里,跋山涉水,到这里来朝拜大神。我们确实看到了几个苦行僧打扮的人,但不知是否就是从印度来的。不管怎样,此处是圣地无疑,否则拄竹杖梳辫子的圣人苦行者也不会到这里来流连盘桓了。

说老实话,我从来也没有信过任何神灵。我对什么神庙、什么兽主、什么 linga，并不怎么感兴趣。引起我的兴趣的是另外一些东西。庙中高阁的顶上落满了鸽子。虽然已近黄昏，暮色从远处的雪山顶端慢慢下降，夕阳残照古庙颓垣，树梢上都抹上了一点金黄。是鸽子休息的时候了。但是它们好像还没有完全休息，从鸽群中不时发出了咕咕的叫声。比鸽子还更引起我的兴趣的是猴子。房顶上，院墙上，附近居民的屋子上，圣河小桥的栏杆上，到处都是猴子，又跳又跃，又喊又叫。有的老猴子背上背着小猴子，或者怀里抱着小猴子，在屋顶与屋顶之间，来来往往，片刻不停。有的背上驮着一片夕阳，闪出耀眼的金光。当它们走上桥头的时候，我也正走到那里。我忽然心血来潮，想伸手摸一下一个小猴。没想到老猴子决不退避，而是龇牙咧嘴，抬起爪子，准备向我进攻。这种突然袭击，真正震慑住了我，我连忙退避三舍，躲到一旁去了。

　　我忽然灵机一动，想入非非。我上面已经说到，印度教的庙非印度教徒是严禁入内的。如果硬往里闯，其后果往往非常严酷。但这只是对人而言，对猴子则另当别论。人不能进，但是猴子能进。难道因为是畜类而格外受到优待吗？猴子们大概根本不关心人间的教派、人间的种姓、人间的阶级、人间的官吏，什么法律规章，什么达官显宦，它们统统不放在眼中，加以蔑视。从来也没有什么人把猴子同宗教信仰联系起来。猴子是这样，鸽子也是这样，在所有的国家统统是这样。猴子们和鸽子们大概认为，人间的这一些花样都是毫无意义的。它们独行独来，天马行空，海阔凭鱼跃，天高任鸟飞，它们比人类要自由得多。按照一些国家轮回转生的学说,猴子们和鸽子们大概未必真想转生为人吧!

我的幻想实在有点过了头,还是赶快收回来吧。在人间,在我眼前的兽主大庙门前,人们熙攘往来。有的衣着讲究,有的浑身褴褛。苦行者昂首阔步,满面圣气,手拄竹杖,头梳长发,走在人群之中,宛如鸡群之鹤。卖鲜花的小贩,安然盘腿坐在小铺子里,恭候主雇大驾光临。高鼻子蓝眼睛满头黄发的外国青年男女,背着书包,站在那里商量着什么。神牛们也夹在中间,慢慢前进。讨饭的瞎子和小孩子伸手向人要钱。小铺子里摆出的新鲜的白萝卜等菜蔬闪出了白色的光芒。在这些拥挤肮脏的小巷子里散发出一种不太让人愉快的气味,一团人间繁忙的气象。

我们也是凡夫俗子,从来没有想超凡入圣,或者转生成什么贵人、什么天神、什么菩萨等等,对神庙也并不那么虔敬。可是尼泊尔人对我们这些"洋鬼子"还是非常友好,他们一不围观,二不嘲弄。小孩子见了我们,也都和蔼地一笑,然后腼腼腆腆地躲在母亲身后,露出两只大眼睛瞅着我们。我们觉得十分可爱,十分好玩。我们知道,我们是处在朋友们中间。兽主大庙的门没为我们敞开,这是千百年来的流风遗俗,我们丝毫也不介意。我们心情怡悦。当我们离开大庙时,听到圣河里潺潺的流水声,我们祝愿,尼泊尔朋友在活着的时候就能通过这条圣河,走向人间天堂。我们也祝愿,兽主大庙里千奇百怪的神灵会加福给他们!

1986年11月30日离别尼泊尔前于苏尔提旅馆

望 雪 山
——游图利凯尔

　　1986年12月初,季羡林从尼泊尔回国之后,立即写了一篇近距离眺望喜马拉雅雪山的游记《望雪山》。世界佛教联谊会的大会是在加德满都的一座体育场召开的,坐在主席台上的季羡林,一抬头便能看见巍峨的雪山。这些山的伟岸峰巅耸立在永久雪线之上。而观看雪山的最佳位置便是图利凯尔。

　　图利凯尔是加德满都以东30千米处的一个古镇,紧邻中尼友谊公路——加德满都至樟木口岸的公路。这里是加德满都山脉的边沿,处于一个小山口上,视野开阔。从南面看,喜马拉雅山脉就像一弯硕大的新月,主光轴超出雪线之上,蔚为壮观,因而成为旅游胜地,游客云集。

　　数千年来,喜马拉雅山脉对南亚民族产生了人格化的深刻影响,其文学、政治、经济、神话和宗教都反映了这一点。冰川覆盖的浩茫高峰早就吸引了古代印度朝圣者们的目光,他们据梵语词hima(雪)和alaya(域)为这一雄伟的山系创造了喜马拉雅山这一梵语名字。印度神话、中国神话,都把人迹难以企及的雪山之巅说成神仙居所。

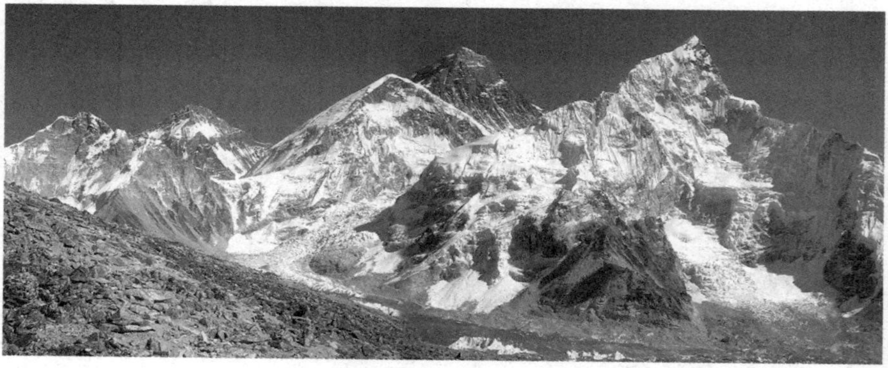

其实，在加德满都城内，到处都可以望到雪山。六天以前，我一走下飞机，就惊异于此地山岭之多，抬眼向四周一看，几乎都是高高低低起伏如波涛的山峦。在碧绿的群山背后，有几处雪峰，高悬天际，初看宛如片片白云。白雪皑皑的峰巅，夕阳照上去，闪出耀眼的银光。

前几天，在世界佛教联谊会的大会开幕仪式上，我坐在主席台上，台下万头攒动，蓦抬头，看到远处的万古雪峰横亘天际。唐人诗说："林表明霁色，城中增暮寒。"我想改换一下，"天际明雪色，城中增暮寒"，约略能够表达出当时的情景。

又过了两天，代表团中有的同志建议，到离雪山更近一点的图利凯尔去看雪山，我欣然同意。我历来对雪山有好感，但是我看到的雪山并不多。只在新疆乌鲁木齐附近的天池看过两次，觉得非常新鲜。下面是炎热的天气，然而抬头向上一看，仿佛就在不远的地方却是险峰积雪，衬着蔚蓝的晴空，愈显得像冰心玉壶；又仿佛近在眼前，抬腿就可以走到，伸手就可以抓到一把雪。实际上，路是非常遥远的。从雪峰下来的采莲人手持雪莲，向游客兜售。淡黄色的雪莲仿佛带来了万古雪峰顶上的寒意，使我们身处酷夏，而心在广寒。此情此景，终生难忘。

现在，我来到了尼泊尔。这里雪峰之多，远非天池可比。仅仅从加德满都城里面就能够看到不少。在全世界上，也只有我国西藏和尼泊尔有这样多这样高的雪峰。我到这里来的时候，曾在飞机上看过雪山。那是从上面向下看。现在如果再从下面向上看一看的话，那该是多么有趣多么新鲜啊！怀着这样热切期待的心情，我们八个人立即驱车到了图利凯尔。

这个地方离雪峰近了一点，但是同加德满都比较起来也近不了多少。可是因为此地踞小峰之巅，前面非常开阔，好像是一个大山谷，烟树迷离，阡陌纵横。山谷对面，一片云雾上面就是连绵数千百里的奇峰峻岭。从这里看雪山，清晰异常。因此，多少年以来，此地就成了饱览雪山风光的胜地，外国旅游者没有不到这里来的。如果不到这里来，不管你在尼泊尔看到过多少地方，也算是有虚此行，离开之后，后悔莫及了。

今天，天公确实真是作美，早晨照例浓雾蔽天，八九点钟了，还没有消退的意思。尼泊尔朋友说，今天恐怕要全天阴天了，看雪山有点问题了。然而我们的汽车一驶出加德满都，慢慢地向上行驶的时候，天空里忽然烟消云散，一轮红日高悬中天。尼泊尔主人显然高兴起来，他们认为让中国客人看到雪山是自己的职责。我们也同样激动起来。我们不远万里而来，如果不能清晰地看一下雪山的真面目，能不终生感到遗憾吗？

在半山坡的绿草地上，早已有人铺上了白布，旁边的桌子上摆满了食品，几辆挂着国旗的小轿车停在附近，看样子是哪一个国家的大使馆的车子。大人、小孩，在草地上溜达着，手里拿着望远镜，指指点点，大概是议论对面雪峰的名称。在我们眼前隔着那一条极为广阔的峡谷，对面群峰林立，从右到左，蜿蜒不知道有几百几千里，只见黑鸦鸦的一片崇山峻岭，灰色的云彩在上面飘动，简直分不清哪是云，哪是山。在这群山后面或者上面，是一座座白皑皑的万古雪峰，也不知道逶迤几百几千里，巍然耸立在那里。偶然一失神，这一座座的雪峰仿佛流动起来，像朵朵的白云飘动在灰蓝色的山峰上面。这些雪峰太高了，相距那么远，还要抬头去看。我还从来没有看到过这样多、这样高、这样白的雪峰，我知道这些雪峰下面蓝色的云团也并不是云彩，而是真正的山。仿佛比这蓝色云团再高的地方就不应该再有山峰了。可是那些飘浮在这些蓝色云团上的白色的云彩，确确实实是真正的雪峰。这真可以算是宇宙奇景，别的地方看不到的了。

按照地图，从右到左，一共排列着十三座有名有姓的雪峰，在世界上都广有名声。其中有不少还从来没有被凡人征服过。上面什么样子，谁也说不清楚。人们可以幻想，大概只有神仙才能住在上面吧。过去的人确实这样幻想过。中国古代的昆仑山上不就住着神仙吗？印度古代的神话也说雪山顶上是神仙的世界。可是世界上哪里会有什么神仙呢？然而，如果说雪峰上面什么都没有，我的感情似乎又有点不甘心。那不太寂寞了吗？那样晶莹澄澈的广寒天宫只让白雪统治，不太有点煞风景了吗？我只好幻想，上面有琼楼玉宇、阆苑天宫，那里有仙人，有罗汉，有佛爷，有菩萨，有安拉，有大梵天，有上帝，有天老爷，不管哪一个教门的神灵们，统统都上去住吧。他们乘鸾驾凤，骑上猛狮、白象，遨游太虚吧。

别人看了雪山想些什么，我说不出。我自己却是浮想联翩，神驰六合。自己制造幻影，自己相信，而且乐在其中，我真有流连忘返之意了。当我们走上归途时，不管汽车走到什么地方，向右面的茫茫天际看去，总会看到亮晶晶的雪山群峰直插昊天。这白色的群峰好像是追着我们的车子直跑，一直把我们送进加德满都城。

    1986 年 12 月 1 日北京大学朗润园

歌唱塔什干

1958年10月4日,季羡林作为中国作家代表团成员,前往苏联乌兹别克加盟共和国首府塔什干参加亚非作家会议。7至12日,会议在纳沃伊剧场召开。其后,季羡林去哈萨克斯坦共和国阿拉木图访问五天,再回塔什干,17日乘飞机去莫斯科。这篇《歌唱塔什干》是季羡林回国五个月以后写成的,主要记述了在塔什干参会期间的所见、所闻、所思、所感,赞美塔什干的美丽富饶和塔什干人民的热情友好。

这次会议形成了一个塔什干精神,什么是塔什干精神?作者没有特意介绍。不过从广场悬挂的巨幅标语,读者已经知晓:"所有国家的文学都应该为人民、为和平、为先进事业、为各民族之间的友谊而服务。"作者此时写的此文,就是体现了这个精神。

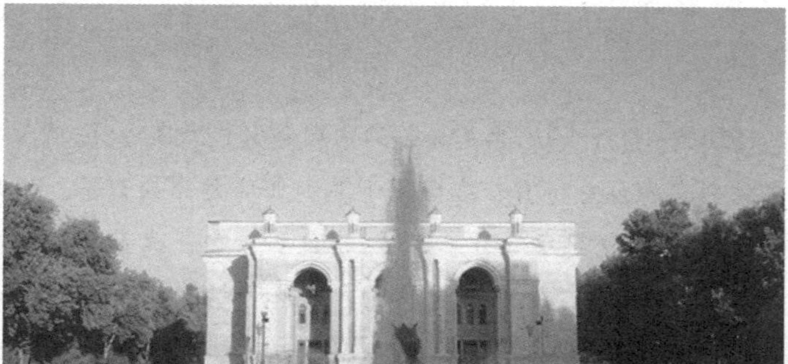

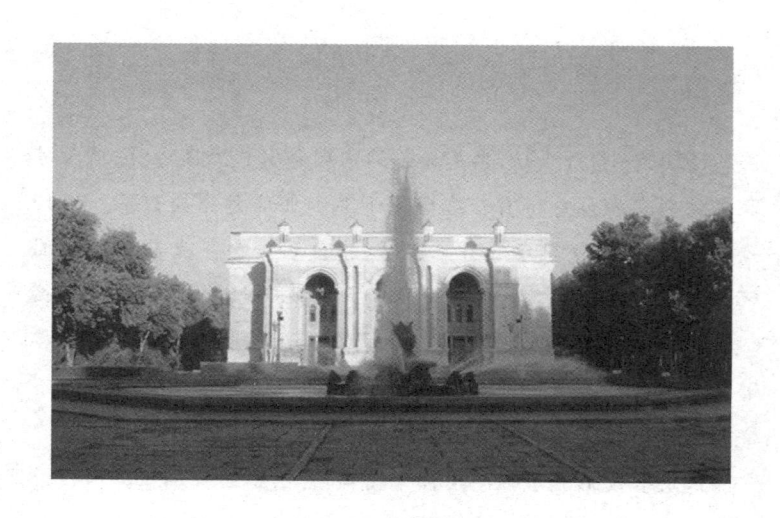

我怎样来歌唱塔什干呢？它对我是这样熟悉，又是这样陌生。

在小学念书的时候，我就已经读到有关塔什干的记载。以后又有机会看到这里的画片和照片。我常想象：在一片一望无际的沙漠中间，在一片黄色中间，有一点绿洲，塔什干就是在这一点浓绿中的一颗明珠。它的周围全是瓜园和葡萄园，在翡翠般的绿叶丛中，几尺长的甜瓜和西瓜把滚圆肥硕的身体鼓了出来。一片片的葡萄架，在无边无际的沙漠中，形成了一个个的绿点。累累垂垂的葡萄就挂在这些绿点中间。成群的骆驼也就在这绿点之间走动，把巨大的黑影投在热烘烘的沙地上。纯伊斯兰风味的建筑高高地耸入蔚蓝的晴空中。古代建筑遗留下来的断壁颓垣到处都可以看到。蓝色和绿色琉璃瓦盖成的清真寺的圆顶在夕阳余晖中闪闪发光。

大起来的时候，我读了玄奘的《大唐西域记》。我知道，他在7世纪的时候走过中亚到印度去求法。他徒步跋涉万里，曾到过塔什干，关于这个地方的生动翔实的描述还保留在他的著作里。这些描述并没有能改变我对塔什干的那一些幻想。一提到塔什干，我仍然想到沙漠和骆驼、葡萄和西瓜，我仍然看到蓝色的和绿色的琉璃瓦圆顶在夕阳余晖中闪闪发光。

我想象中的塔什干就是这个样子，它在我的想象中已经待了不知道多少年了；它是美丽的、动人的。我每一次想到它，都不禁为之神往。我心中保留着这样一个幻想的城市的影子，仿佛保留着一个令人喜悦的秘密，觉得十分有趣。

然而我现在竟然真来到了塔什干,我梦想多年的一个地方竟然亲身来到了。这真就是塔什干吗?我万没有想到,我多少年来就熟悉的一个城市,到了亲临其境的时候,竟然会变得这样陌生起来。我想象中的塔什干似乎十分真实,当前的真实的塔什干反而似乎成为幻想。这个真实的塔什干同我想象中的那一个是有着多么大的不同啊!

我们一走下飞机,就给热情的苏联朋友们包围起来。照相机、录音机、扩音器,在我们眼前摆了一大堆。只看到电光闪闪,却无法知道究竟有多少照相机在给我们照相。音乐声、欢笑声、人的声音和机器的声音,充满了天空。在热闹声中,我偷眼看了看机场:是一个极大极现代化的飞机场,大型的"图-104"飞机在这里从从容容地起飞、降落。候机室也是极现代化的高楼,从楼顶上垂下了大幅的红色布标,上面写着欢迎参加亚非作家会议的各国作家的词句。

汽车开进城去,是宽阔洁净的柏油马路,两旁种着高大的树。树荫下是整齐干净的人行道。马路两旁的房子差不多都是高楼大厦,同莫斯科一般的房子也相差无几。中间或间杂着一两幢具有民族风味的建筑。只有在看到这样的房子的时候,我心头才漾起那么一点"东方风味",我才意识到现在是在苏联东方的一个加盟共和国里。

为了迎接亚非作家会议的召开,古城塔什干穿上了节日的盛装。大街上,横过马路,悬上了成百成千的红色布标,用汉文、俄文、乌兹别克文、阿拉伯文、日文、英文,以及其他文字,写着欢迎祝贺的词句,祝贺亚非人民大团结,希望亚非人民之间的友谊万古长青。有上万盏,也许是上十万盏——谁又知道究竟有多少万盏呢——红色电灯悬在街道两旁的树上、房子上、大建筑物的顶上,就是在白天,这些电灯也发着光芒。到了夜里,这些灯群更把塔什干点缀成一个不夜之城。从任何一条比较大的马路的一端望过去,一重重、一层层、一团团的红色灯光,一眼看不到头,比天空里的繁星还要更繁。

这不是我多少年来所想象的那一个塔什干,我想象中的那一个塔什干哪里是这样子呢?

然而这的确又是塔什干。

面对着这一个美丽的大城市,觉得它十分熟悉,又十分陌生,我的心情有点错乱了。

但是,我并没有真正错乱,我一下子就爱上了这一个塔什干。就让我那一些幻想随风飘散吧!不管它是多么美丽、多么动人,还是让它随风飘散吧!如果飘散不完的话,就让它随便跟一个什么城市连接在一起吧!我还是十分热爱我跟前的这一个塔什干。

我怎能不热爱这一个塔什干呢?它的妙处是说不完的,用多少话也说不完,用什么话也说不完。

这里的太阳似乎特别亮,一走进这个城市,就仿佛沐浴在无边无际的阳光中。在淡蓝的天空下,房子的颜色多半是浅白的,有的稍微带一点淡黄、淡灰,有的带一点浅红;大红大绿是非常少的。大概这里下雨的时候也不太多,天永远晴朗。这一切配合起来,就把这里的阳光衬托得更加明亮。你一走进塔什干,只需待上那么一两个钟头,你就会感觉到，这里的太阳永远是这样亮；你会感觉到，一年四季，阳光普照；百年千年，也会是这样。

到处都可以看到玫瑰花，但是你千万不要用我们平常对于玫瑰花的概念来想象这里的玫瑰花。你应该想象：在小树上开满了牡丹花或芍药花，这样就跟这里的玫瑰花差不多了。就是这样大的玫瑰花，一丛丛、一团团，开在闹市中间，开在浅白色的楼房的下面，开在喷水池旁，开在幽雅的公园中，开在巨大的铜像的周围，枝子高，花朵大，在早晨和黄昏，香气特别浓，给这一座美丽的城市增添了芳香。

葡萄架比玫瑰花丛还要多，几乎家家都有一架葡萄，撑在房子前面，在白色的阳光下，把浓黑的影子投在地上。葡萄的种类据说有一千多种，而且每一种都是优良品种。我们到了塔什干，正是葡萄熟了的时候。家家门口或者小院子里，都累累垂垂地悬着一嘟噜一嘟噜的葡萄，黄的、红的、紫的、绿的，长的、圆的，大大小小，不同的颜色，不同的样子，像是一串串的各色的宝石。

说到葡萄的味道，那是无法形容的，语言文字在这里仿佛都失掉了作用。你可以拿你一生吃过的各种各样的最甜美的水果来同它比较：你可以说它像山东肥城的蜜桃，你可以说它像江西南丰的蜜橘，你可以说它像广东增城挂绿的荔枝，你可以说它像沙田的柚子，你可以说它像一切你曾尝过你能够想象到的水果——这些比拟都有道理，它的确有一点像这些东西，但是又不全像这些东西。我们用尽了我们的想象力和联想力，归根结底，还只有说：它什么都不像，只是像它自己。

歌唱塔什干

我们一到塔什干,这种绝妙的东西就成了我们的亲密朋友。我们在这里住了将近三个星期,随时随地都要跟它接触,它给我们的生活增添了无穷的情趣。一日三餐的餐桌上摆的是一盘盘的葡萄,像是一盘盘红色的、紫色的、黄色的、绿色的宝石,把餐桌衬托得美丽动人。在会场的休息室里摆的也是一盘盘的葡萄。在我们住的房间里,每天都有人把成盘的葡萄送了来,简直是取之不尽,用之不竭。我们出席宴会,首先吃到的也就是葡萄。到集体农庄去参观,主人从枝子上剪下来塞到我们手里的也还是葡萄。塔什干真正成了一个葡萄城。

这一种个儿不大的果品还让我们回忆起历史,把我们带到遥远的古代去。在汉代,中国旅行家就已经从现在的中央亚细亚一带地方把这种绝妙的水果移植到中国来。移植的地方是不是就是我们现在所在的塔什干呢?我不能不这样遐想了。我不由自主地想到两千多年以前葡萄通过绵延万里渺无人烟的大沙漠移植到东方去的情况,想到我们同这一带地方悠久的文化关系,想到当年横贯亚洲的丝路,成捆成捆的中国丝绸被运到西方去,把这里的美女打扮得更加美丽,给这里的人民带来快乐幸福。就这样,一直想下来,想到今天我们同苏联各族人民的万古长青牢不可破的兄弟般的友谊。我心里面思潮汹涌,此起彼伏。我万没有想到这一颗颗红色的、黄色的、紫色的、绿色的宝石,竟有这样大的魔力,它们把过去两千多年的历史一幕一幕地活生生地摆在我的眼前。

不管这里的自然景色多么美好,不管这里的西瓜和葡

149

萄多么甘美，塔什干之所以可爱、可贵，之所以令人一见难忘，却还并不在这自然景色，也不在这些瓜果，而在这里的人民。

对这样的人民，我还有什么话可说呢？他们同苏联其他各地的人民一样，热情、直爽、坦白、好客。他们把亚非作家会议的召开看成是自己的节日，把从亚非各国来的代表看成是自己最尊贵的客人和兄弟姐妹。在这一段时间内，他们每天都穿上美丽多彩的民族服装，兴高采烈，喜气洋洋。我虽然跟他们交谈得不多，但是看来他们每天想到的是亚非作家会议，谈到的也是亚非作家会议。他们是在过他们一生中最好的一个节日，全城大街小巷到处都弥漫着节日的气氛。

为了招待各国的代表，乌兹别克加盟共和国的领导人特别在城中心纳沃伊大剧院的对面建筑了一座规模很大的旅馆。里面是崭新的现代化的设备，外表上却保留了民族的风格。墙壁是淡黄色的，最高的一层看起来像是一座凉亭，给人的印象是朴素、幽雅、美丽。

在塔什干旅馆和纳沃伊大剧院之间是一个极大的广场，这个广场十分整齐美观，是我在许多国家许多城市所看到的最美的广场之一。中间用柏油和大块的石头铺得整整齐齐，四周是四条又宽又长的马路。在这些马路上，日夜不停地行驶着各种各样的汽车。按理说这个广场应该很乱很闹，但是，如果你在广场的中心一站，你不但感觉不到乱和闹，而且还会感觉到有一点寂静，似乎远远地离开了闹市的中心。难道这里面还有什么奥秘吗？广场大，它自己又仿佛形成了一个独立的世界，这就是奥秘之所在。广场中心有一个大喷水池，它就是这一个独立世界的中心。银白色的不断喷涌的水柱，水柱中红红绿绿变幻不定的彩虹，谁看到它，谁的注意力一下子就会给它吸住，不管有多少人，只要他们一踏上广场，就会不由自主地对喷泉发生了向心力。对他们来说，广场以外的东西似乎根本不存在了。此外，广场的两旁还栽种了雨后像小树丛一样大小的玫瑰花。季候虽然已近深秋，大朵的玫瑰花仍在怒放。它们的色和香也仿佛构成了一座墙壁，把广场和外面的热闹的马路隔开。

在这个全城的节日里，这一个广场也穿上了节日的盛装。那许多临时售卖书报的小亭，都油饰一新。红色的电灯挂满了全场。两头两个大建筑物上的五彩缤纷的标语交相辉映。两面的大街上，横悬着两幅极其巨大的红色布标。一幅上面用汉文写着"向亚非作家会议参加者致热烈的敬意"，一幅写着"所有国家的文学都应该为人民、为和平、为先进事业、为各民族之间的友谊而服务"。布标的红色仿佛把广场都映红了。我们走在这一片红光里，看到我们熟悉的汉字，似乎已经回到了祖国。

在那一些日子里，这一个广场就成了全城聚会的中心。

天还没有亮，塔什干人民就成群结队地来到广场上。父母抱着孩子，孙子扶着祖母，男女老幼，拥拥挤挤，都来了。里面各族人民都有，有俄罗斯人，有乌兹别克人，有朝鲜族人，还有其他各族的人民。他们都穿得整整齐齐，脸上带着愉快的笑容，闹闹嚷嚷，欢欢喜喜，在这里一直待到深夜。

每天，从早到晚，广场上人群队形是随着时间的不同而随时在变化着。一看队形，就几乎可以猜出时间来。早晨初到广场上的时候，人群是零零乱乱地到处散布着的。在这一大片场子上，各处都有人。只在中央喷水池的周围，在玫瑰花畦的旁边，聚集得比较密一点。大家的态度都从从容容，一点也不紧张。在这时候，广场上是一片闲闲散散的气象。

一到大会开始前半小时，代表们从塔什干旅馆走向纳沃伊大剧院的时候，广场上的队形就陡然变化。人群从块块变成了条条，很自然地形成了两路纵队。一头是塔什干旅馆，另一头是纳沃伊大剧院，仿佛是两条巨龙。中间人稍稍稀疏一点，这就是巨龙的细腰；一头一尾则又粗又大。这时候，广场上的气氛由从容闲散一变而为热烈紧张。不管是大人小孩，很多人手里都拿了一个小本子或者几张白纸，争先恐后地拥上前去，请代表们在上面签字。有些人就在旁边的书摊上买了亚非各国文学作品的俄文或者乌兹别克文的译本，请代表们把名字写在上面。有的父母抱着三四岁的小孩子，小孩子手里拿了小本子或者书，高高地举在代表们跟前，小眼睛一闪忽一闪忽的，等着签字。还有一些人，手里什么都没有拿，看样子是并不想得到什么签字。但是他们也是满腔热情十分勇敢地挤在人群里，拼命伸长了脖子，想多看代表们两眼。在这时候，广场上是一片热闹景象。

到了代表们不开会而出去参观的时候，队形又大大地改变。这时候的广场上，不是一块块，也不是一条条，而是一团团。每一团的中心,不是一辆汽车,就是几个代表,他们给塔什干的人民包围起来了。这里的人民愿意同代表们谈一谈,交换一些徽章或者其他纪念品。从塔什干旅馆的五层楼上看下来,广场上仿佛开出了一朵朵的大黑花,周围黑色的人群形成了花瓣,穿着花花绿绿的服装的非洲代表和披着黄色袈裟的锡兰代表,就形成了红红绿绿或黄色的花心。

有一次,我看到一个老祖母抱了小孙女,坐在大剧院门外台阶上,喘着气休息。她见了我,就对着我笑,我也笑着向她问安,并且逗引小女孩。这就引得这一位白发老人开了话匣子。她告诉我,她的家离这里很远,她坐了很久的电车和公共汽车才来到这里。"年纪究竟大了,坐了这样久电车和汽车,就觉得有点受不了,非坐下来喘一口气休息休息不可。"说着擦了擦头上的汗,又说下去,"各国的代表都来了,塔什干还是头一次开这个眼界呢。你们是我们最欢迎的客人,我在家里怎么能待得下去呢?小孙女还小,不懂事;但是我也把她带来,她将来大了,好记住这一回事。"这样的感情难道只是这一位白发老人的感情吗?

又有一次,我碰到了一群朝鲜族的男女学生。他们一看到我,就像看到了久别的亲人,一拥而上,争着来跟我握手。十几只手同时向我伸过来,我恨不能像庙里塑的千手千眼佛一样,多长出一些手来,让这些可爱的孩子每个人都满足愿望,现有的这两只手实在太不够分配了。握完了手,又争着给我照相,左一张,右一张,照个不停。照完了相又再握手。他们对于我依依难舍,我也真舍不得离开这一群可爱的孩子。

还有一次，是在晚上，我们到什么地方去参加宴会。一上汽车，司机同志为了"保险"起见，就把车门关上了。但是外面的人还是照样像波涛似的涌上来，把汽车团团围住，后面的人不甘心落后，拼命往前挤；前面的人下定决心，要坚守阵地，因而形成了相持不下的局面，后面来的人却愈来愈多了。很多人手里高高地举着签名的小本子，向着我们直摇摆。但是司机却无论如何也不开门，我们只有隔着一层玻璃相对微笑。我们的处境是颇有点尴尬的。一方面，我们不愿意伤了司机同志的"好意"；另一方面，我们又觉得有点对不起车窗外这些热情的人。正在左右为难的时候，我们忽然看到人群里挤出来了一个中年男子，怀里抱着一个三四岁的小孩，手里还领着两个六七岁、七八岁的孩子，看样子不知道费了多大劲才挤到车跟前来。他含着微笑，把小孩子高高举起来，小孩子也在对着我们笑。看了这样天真的微笑，我们还有什么办法呢？眼前的这一层薄薄的玻璃，蓦地成了我们的眼中钉。我们请求司机同志把汽车的大门打开，我们争着去抱这一个可爱的小孩子，吻他那苹果般的小脸蛋，把一个有毛主席像的纪念章别在他的衣襟上。

这样的情景几乎每天都有，它使我们十分感动，我们陶醉于塔什干人民这种热情洋溢的友谊中。

但是我们也有受窘的时候，也有不得不使他们失望的时候。最初，因为我们经验不丰富，一走出塔什干旅馆，看到这些可爱的人民，我们的热情也燃烧起来了。我们握手，

歌唱塔什干

我们签名,我们交换纪念品,我们做一切他们要我们做的事情。根本没有注意到,也没有觉到时间的逝去。等我们冲出重围到了会场的时候,会议已经开始很久了。据我的观察,其他国家的代表也有类似的情况。我常常在楼上看到代表们被包围的情况。有一次,一个印度代表被群众包围了大概有四个小时。另外一次,我看到一个穿黄色袈裟的锡兰代表给人包围起来。我不知道是什么时候开始的,我看到的时候,他周围已经围了六七百人。等了很久,我在屋子里工作疲倦了,又走上凉台换一换空气的时候,我看到黄色的袈裟还在人丛里闪闪发光。又等了很久,他大概非走不行了;他走在前面,后面的人群仍然尾追不散,一直跟出去很远很远,仿佛是一只驶往远洋的轮船,后面拖了一串连绵不断的浪花。

在这样的情况下,我们要出门的时候,就先在旅馆里草拟一个"联防计划"。如果有什么人偶入重围,我们一定要派人去接应,去解围。我们有时候也使用金蝉脱壳的计策,把群众的注意力转移到别的地方去,我们自己好顺利地通过重重的包围,不至耽误了开会或者宴会的时间。

这样一来,自然会给这一些可爱的塔什干人民带来一些失望,我们又有什么办法呢?在我们内心的深处,我们实在为他们这种好客的热情所感动,我们陶醉于塔什干人民的热情洋溢的友谊中。

等我们在哈萨克加盟共和国的首都阿拉木图访问了五天又回到塔什干来的时候,会议已经结束了好多天,代表们差不多都走光了。我们也只能再在这一个可爱的城市里住

155

上一夜，明天一大早就要离开这里，离开这一些热情的人民，到莫斯科去了。

　　吃过晚饭，我怀了惜别的心情，站在五层楼的凉台上，向下看。我还想把这里的东西再多看上一眼，把这些印象牢牢地带回国去。广场上冷冷清清，只有稀稀落落的人影，在空荡荡的场子里来回地晃动，成千盏成万盏的红色电灯仍然在寂寞中发出强烈的光辉。

　　但是仍然有一群小孩子挤在旅馆门口，向里面探头探脑。代表们都走了，旅馆也空了。看来这些小朋友并不甘心，他们大概希望像前几天开的那样的会能够永远开下去，让塔什干天天过节。现在看到场子上没了人，旅馆里也没了人，他们幼稚的心灵大概很感到寂寞吧。

　　我对这一些天真可爱的小朋友有无限的同情。我也希望，能够永远住在塔什干，天天同这一些可爱的人民欢度佳节。但是，在实际生活中，这只是幻想，是完全不可能的，是永远也不会实现的。会议完了，我们的任务已经完成；现在我们的任务是，把在塔什干会议上形成的所谓塔什干精神带到世界各地去，让它在世界上每一个角落里开出肥美的花，结出丰硕的果。

　　我来到了塔什干，现在又要离开了。当我才到的时候，我对这一个城市又感到熟悉，又感到陌生。当我离开它的时候，我对它感到十分熟悉，我爱上了这一个城市。现在先唱出我的赞歌，希望以后再同它会面。

1959 年 3 月 23 日

塔什干的一个男孩子

《塔什干的一个男孩子》是《歌唱塔什干》的姊妹篇,写的都是作者1958年在塔什干参加亚非作家会议时的所见、所闻、所想,后者场面恢宏,是一幅全景画;前者深刻细腻,如同一幅素描。这篇文章记述了作者与塔什干的一个小男孩谢尼亚的三次接触和简单的交谈,表现两国人民发自内心深处的友好情谊。

这篇文章行文特点是一细二真。没有对现实生活的细心观察,没有与这位十二三岁的孩子一样真诚的爱心,是无论如何也写不出如此感人的文字的。季羡林文字的真实、心境的真实,当然不仅仅表现在主要情节上,一些相对次要的情节同样是真实的。例如,他在会场里成百上千个孩子中寻找谢尼亚的情节;在广场上,反复出现的玫瑰花丛、书报亭和喷水池寻找的情节,同样是真实动人的。真情、真思、真美,这就是季羡林散文的三真之境。

塔什干毕竟是一个好地方。按时令来说，当我们到了这里的时候，已经是秋天，淡红淡黄斑驳陆离的色彩早已涂满了祖国北方的山林；然而这里还到处盛开着玫瑰花，而且还不是一般的玫瑰花——有的枝干高得像小树，花朵大得像芍药、牡丹。

我就在这样的玫瑰花丛旁边认识了一个男孩子。

我们从城外的别墅来到市内，最初并没有注意到这一个小男孩。在一个很大的广场里，一边是纳沃伊大剧院，一边是为了招待参加亚非作家会议各国代表而新建的富有民族风味的塔什干旅馆，热情的塔什干人民在这里聚集成堆，男女老少都有。在这样一堆堆的人群里，一个普普通通的小孩子怎么能引起我们的注意呢？

但是，正当我们站在汽车旁边东张西望的时候，忽然听到细声细气的儿童的声音，说的是一句英语："您会说英国话吗？"我低头一看，才看到一个十二三岁的小男孩。他穿了一件又灰又黄带着条纹的上衣，头发金黄色，脸上稀稀落落有几点雀斑，两只蓝色的大眼睛一闪忽一闪忽的。

这个小孩子实在很可爱，看样子很天真，但又似乎懂得很多的东西。虽然是个男孩，却又有点像女孩，羞羞答答，欲进又退，欲说又止。

我就跟他闲谈起来。他只能说极简单的几句英国话，但是也能把自己的意思表达出来。他告诉我，他的英文是在当地的小学里学的，才学了不久。他有一个通信的中国小朋友，是在广州。他的中国小朋友曾寄给他一个什么纪念章，现在就挂在他的内衣上。说着他就把上衣掀了一下。

我看到他内衣上的确别着一个圆圆的东西。但是,还没有等我看仔细,他已经把上衣放下来了,仿佛那一个圆圆的东西是一个无价之宝,多看上两眼,就能看掉一块似的。我可以很清楚地看到,这一个看来极其平常的中国徽章在他的心灵里占着多么重要的地位,也可以看到,中国和他的那一个中国小朋友,在他的心灵里占着多么重要的地位。

我同这一个塔什干的男孩子第一次见面,从头到尾,总共不到五分钟。

跟着来的是极其紧张的日子。

在白天,上午和下午都在纳沃伊大剧院里开会。代表们用各种不同的语言发言,愤怒控诉殖民主义的罪恶。我的感情也随着他们的感情而激动,而昂扬。

一天下午,我们正走出塔什干旅馆,准备到对面的纳沃伊大剧院里去开会。同往常一样,热情好客的塔什干人民,又拥挤在这一个大广场上,手里拿着笔记本,或者只是几张白纸,请各国代表签名。他们排成两列纵队,从塔什干旅馆起,几乎一直接到纳沃伊大剧院,说说笑笑,像过年过节一样,整个广场成了一个欢乐的海洋。

我陷入夹道的人堆里,加快脚步,想赶快冲出重围。

但是,冷不防,有什么人从人丛里冲了出来,一下子就把我抱住了。我吃了一惊,定神一看,眼前站着的就是那一个我几乎已经完全忘记了的小男孩。

也许上次几分钟的见面就足以使得他把我看作熟人。总之,他那种胆怯羞涩的神情现在完全没有了。他拉住我的两只手,满脸都是笑容,仿佛遇到了一个多年未见十分想念的朋友和亲人。

　　我对这一次的不期而遇也十分高兴。我在心里责备自己：这样一个小孩子我怎么竟会忘掉了呢？但是，还有人等着我一块走，我没有法子跟他多说话，在又惊又喜的情况下，一时也想不起说什么话好。他告诉我："后天，塔什干的红领巾要到大会上去献花，我也参加。"我就对他说："那好极了。我们在那里见面吧！"

　　我倒是真想在那一天看到他的。第二次的见面，时间比第一次还要短，大概只有两三分钟。但是我却真正爱上了这一个热爱中国热爱中国人民的小孩子。我心里想：第一次见面时不期而遇，我没有能够带给他什么东西当作纪念品。第二次见面又是不期而遇，我又没有能够带给他什么东西当作纪念品。我心里十分不安，仿佛缺少了什么东西，有点惭愧的感觉。

　　跟着来的仍然是极其紧张的日子。

　　大会开到了高潮，事情就更多了。但是，我同那个小孩子这一次见面以后，我的心情同第一次见面后完全不同了。不管我是多么忙，也不管我在什么地方，我的思想里总有这个小孩子的影子。它几乎霸占住我整个的心。我把所有的希望都寄托在他要到大会上去献花的那一天上。

　　那一天终于来到了。气氛本来就非常热烈的大会会场，现在更热烈了。成千成百的男女红领巾分三路拥进会场的时候，全场响起了雷鸣般的掌声。一队红领巾走上主席台给主席团献花。这一队红领巾里面，男孩女孩都有。最小的也不过五六岁，还没有主席台上的桌子高；但也站在那里,很庄严地朗诵诗歌;头上缠着的红绿绸子的蝴蝶结在轻轻地摆动着。主席台上坐着来自三四十个国家的代表团的团长,他们的语言不同,皮肤颜色不同,宗教信仰不同,社会制度不同,但是现在都一齐站起来,同小孩子握手拥抱,有的把小孩子高高地举起来,或者紧紧地抱在怀里。对全世界来说,这是一个极有意义的象征,它象征着全世界爱好和平的人们的大团结。我注意到有许多代表感动得眼里含着泪花。

我也非常感动。但是我心里还记挂着一件事情:我要发现那一个塔什干的男孩。我特意带来了一张丝织的毛主席像,想送给他,好让他大大地高兴一次。我到处找他,挨个看过去,看了一遍又一遍。这些男孩的衣服都一样,女孩子穿着短裙子,男女小孩还可以分辨出来;但是,如果想在男小孩中间分辨出哪个是哪个,那就十分困难了。我看来看去,眼睛都看花了。我眼前仿佛成了一片红领巾和红绿蝴蝶结的海洋,我只觉得五彩缤纷,绚丽夺目。可是要想在这一片海洋里捞什么东西,却毫无希望了。一直等到这一大群孩子排着队退出会场,那一张有着金黄色的头发、上面长着两只圆而大的眼睛和稀稀落落的雀斑的脸,却无论如何也没有找到。

我真是从内心深处感到失望。但是我却是一点办法都没有。只怪我自己疏忽大意,既没有打听那一个男孩的名字,也没有打听他的住处、他的学校和班级。当我们第二次见面,他告诉我要来献花的时候,我丝毫也没有想到,我们竟会见不到面。现在想打听,也无从打听起了。

会议眼看就要结束了。一结束，我们就要离开这里。我一想到这一点，心里就焦急不堪。但是我也并没有完全放弃了希望。每一次走过广场的时候，我都特别注意向四下里看，我暗暗地想：也许会像我们第二次见面那样，那个男孩子会蓦地从人丛中跳出来，两只手抱住我的腰。

但是结果却仍然是失望。

会议终于结束了。第二天我们就要暂时离开这里，到哈萨克加盟共和国的首都阿拉木图去作五天的访问。在这一天的黄昏，我特意到广场上去散步，目的就是寻找那一个男孩子。

我走到一个书亭附近去，看到台子上摆满了书。亚非各国作家作品的俄文和乌兹别克文译本特别多，特别引人注目。有许多人挤在那里买书。我在那里站了一会，想在拥挤的人堆里发现那个男孩子。

我走到大喷水池旁。这是一个大而圆的池子，中间竖着一排喷水的石柱。这时候，所有的喷水管都一齐开放，水像发怒似的往外喷，一直喷到两三丈高，然后再落下来，落到墨绿的水池子里去。喷水柱里面装着红绿电灯，灯光从白练似的水流里面透了出来，红红绿绿，变幻不定，活像天空里的彩虹。水花溅在黑色的水面上，翻涌起一颗颗的珍珠。

我喜欢这一个喷水池，我在这里站了很久。但是我却无心欣赏这些红红绿绿的彩虹和一颗颗的白色珍珠，我是希望能够在这里找到那一个小孩子的。

我走到广场两旁的玫瑰花丛里去，这也是我特别喜欢的地方。这里的玫瑰花又高又大又多,简直数不清有多少棵。人走进去,就仿佛走进了一片矮小的树林子。在黄昏的微光中,碗口大的花朵颜色有点暗淡了,分不清哪一朵是黄的,哪一朵是红的,哪一朵又是红里透紫的。但是,芬芳的香气却比白天阳光普照下还要浓烈。我绕着玫瑰花丛走了几周,不管玫瑰花的香气是多么浓烈,我却仍然是醉翁之意不在酒,我是来寻找那一个男孩子的。

我当时就想到,我这种做法实在很可笑,哪里就会那样凑巧呢?但是我又不愿意承认我这种举动毫无意义。天底下凑巧的事情不是很多很多的吗?我为什么就一定遇不到这样的事情呢?我决不放弃这万一的希望。

但是,结果并不像想象的那样,我到处找来找去,终于怀着一颗失望的心走回旅馆去。

第二天,天还没有明,我们就乘飞机到阿拉木图去了。在这个美丽的山城里访问了五天之后,又在一天的下午飞回塔什干来。

我们这一次回来,只能算是过路,第二天天一亮,我们就要离开这里了。这一次离开同上一次不一样,这是真正的离开。

这一次,我心里真正有点急了。

吃过晚饭,我又走到广场上去。我走近书亭,上面写着人名书名的木牌还立在那里。我走过喷水池,白练似的流水照旧泛出了红红绿绿的光彩。我走过玫瑰花丛,玫瑰在寂寞地散放着浓烈的香气。我到处徘徊流连,我是怀着满腔依依难舍的心情,到这里来同塔什干和塔什干人民告别的。

　　实在出我意料,当我走回旅馆的时候,我从远处看到旅馆门口有几个小男孩挤在那里,向里面探头探脑。我刚走上台阶,一个小孩子一转身,突然扑到我的身边来:这正是我已经寻找了许久而没有找到的那一个男孩。这一次的见面带给他的喜悦,不但远非第一次见面时的喜悦可比,也绝非第二次见面时他的喜悦可比。他紧紧地抓住我的双手,双脚都在跳;松了我的手,又抱住我的腰,脸上兴奋得一片红,连气都喘不上来了。他断断续续地告诉我,他是来找我的,过去五天,他天天都来。

　　"你怎么知道我还在这里呢?"

　　"我猜您还在这里。"

　　"别的代表都已经走了,你这猜想未免太大胆了。"

　　"一点也不大胆。我现在不是找到您了吗?"

　　我大笑起来,不得不承认他是对的。

　　这是一次在濒于绝望中的意外的会见。中国旧小说里有两句话,"踏破铁鞋无觅处,得来全不费功夫",并不能写出我当时的全部心情。"蓦然回首,那人却在灯火阑珊处",也只能描绘出我的心情的一小部分。我从来不相信世界上会有什么奇迹;现在我却感觉到,世界上毕竟是有奇迹的,虽然我对这一个名词的理解同许多人都不一样。

　　我当时十分兴奋,甚至有点慌张。我说了声:"你在这里等我,不要走!"就跑进旅馆,连电梯也来不及上,飞快地爬上五层楼,把我早已经准备好了的礼物拿下来,又跑到餐厅里找中国同志要毛主席纪念章,然后匆匆忙忙地跑出去。

我送给那一个男孩子一张织着天安门的杭州织锦和一枚毛主席的纪念像章,我亲手给他别在衣襟上。同他在一块的三四个男孩子,我也在每个人的衣襟上别了一枚毛主席的纪念像章。这一些孩子简直像一群小老虎,一下子扑到我身上来,搂住我的脖子,在我脸上使劲地亲吻。在惊慌失措中,我清清楚楚地听到清脆的吻声。

我现在再不能放过机会了,我要问一下他的姓名和住址。他就在我的笔记本上写了:谢尼亚·黎维斯坦。我们认识了也好多天了。在这临别的一刹那,我才知道了他的名字。我叫了他一声:"谢尼亚!"心里有说不出的感觉。只写了姓名和地址,他似乎还不满意,他又在后面加上了几句话:

  我永远也不会忘记您,亲爱的季羡林!希望您以后再回到塔什干来。再见吧,从遥远的中国来的朋友!
谢尼亚

有人在里面喊我,我不得不同谢尼亚和他的小朋友们告别了。

因为过于兴奋,过于高兴,我在塔什干最后的一夜又是一个失眠之夜。我翻来覆去地想到这一次奇迹似的会见。这一次会见虽然时间仍然不长,但是却很有意义。在我这方面,我得到机会问清楚这个小孩子的姓名和地址,以便以后联系;不然的话,他就像是一滴雨水落在大海里,永远不会再找到了。在小孩子方面,他找到了我,在他那充满了对中国的热爱的小小的心灵里，也不会永远感到缺了什么东西。这十几分钟会见的意义是无法用言语表达的。

想来想去，无论如何再也睡不着。我站起来，拉开窗幔：对面纳沃伊大剧院的霓虹灯还在闪闪发光。广场上只有稀稀落落的几个人影。那一丛丛的玫瑰花的确是看不清楚了；但是，根据方向，我依然能够知道它们在什么地方；我也知道，在黑暗中，它们仍然在散发着芬芳浓烈的香气。

1961 年 7 月 5 日

巴马科之夜

1964年4月初至5月中,季羡林作为中国教育代表团成员,前往埃及、阿尔及利亚、马里、几内亚等国参观访问。代表团于5月初到达马里,这里临近撒哈拉沙漠,地处热带,首都巴马科是非洲最热的城市。白天,这里真正是艳阳高照,热浪滚滚,温度接近五十摄氏度;晚上,气温稍低,有些清凉,所以有些活动安排在夜间进行,因而有了这篇优美的散文《巴马科之夜》。

马里1895年沦为法国殖民地,称为法属苏丹;1960年获得独立。1960年10月25日,中华人民共和国与马里共和国建交。建交以来,两国关系发展顺利。中国为马里援建了纺织厂、糖厂、皮革厂、制药厂、体育场、会议大厦、医院、巴马科第三大桥等。中国教育代表团就是在这种情况下访问马里的。

巴马科之夜是平静的，平静得像是一潭止水，令人想不到身处闹市之中。高大的杧果树，局促在大树下的棕榈树，还有其他开红花、开黄花的不知名的树，好像是都松了一口气，伸开了肥大的或者细小的叶子，尽情地享受夜风的清凉。它们也毫不吝惜地散发着浓郁的香气，这香气仿佛充塞了黑暗的夜空。中午将近摄氏五十度的炎热似乎还给它们留有余悸，趁这个好时候赶快松散一下吧，这样就能积聚更多的精力，明天再同炎阳搏斗。

　　马里的中午也确实够呛。炎阳像是一个大火轮，高悬中天，把炎热洒下大地，洒在一切山之巅，一切树之丛，一切屋顶上，一切街道上，整个大地仿佛变成了一个大火炉。在这时候，首当其冲的就是这些树木。它们站得最高，热流首先浇在它们头上。但是，它们挺直腰板，精神抖擞，连那些娇弱的花朵也都显出坚毅刚强的样子。就这样，这些树和花联合起来，把炎炎的阳光挡在上面，下面布上了片片的浓荫，供人们享受。

　　巴马科的人民显出了同树和花一样的风格，他们也在那里同炎阳搏斗。不管天气多么热，活动从不停止。商店都不关门，卖各种杂货的小摊仍然摆在杧果树荫中。街上还是人来人往，熙熙攘攘。穿着宽袍大袖的人们照样骑在机器脚踏车上，来回飞驰，热风把他们的衣服吹得鼓了起来，像是灌满了风的布帆，到处洋溢着一片生机、一团活力。

　　我是第一次来到马里，我不知道以前的情况怎样；但是，我总觉得，这是一种新精神，一种鼓舞人心振奋斗志的新精神，只有觉醒的、战斗的、先进的人民才能有这种精神。

我曾在一个炎热的下午参加了在体育场举行的非洲青年大会。在那里我不但看到了马里的青年,而且还看到从刚果和葡属几内亚战斗的前线来的青年。他们身着戎装,从他们身上仿佛还能嗅到浓烈的炮火气息。当他们振臂高呼控诉殖民主义的滔天罪行的时候,全场激起了暴风雨般的呼声和掌声。非洲的天空仿佛在他们头上颤抖,非洲的大地仿佛在他们脚下震动。刚才进场的时候,我实在感觉到热不可耐。我幻想有一件皮袍披在身上会多好呀,这样至少可以挡住外面的热气。但是,一看到这热烈的场面,我立刻振奋起来,我也欢呼鼓掌,同这些战士热烈地握手。这时候,我陡然感到遍体生凉,一点也不热了。

当然,真正的凉意只有夜间才有。巴马科之夜毕竟还是可爱的。在一天炎热之后,夜终于来了。巴马科之夜是平静的,平静得像是一潭止水,令人想不到身处闹市之中。炎阳已经隐退,头顶上没有了威胁。虽然气温仍在四十二度左右,但是同白天比起来,从尼日尔河上吹来的微风就颇带一些凉意了。动物和植物皆大欢喜。长街旁,短墙下,家家户户都出来乘凉。有的人点上了火炉,在那里煮晚饭。小摊子上点上了煤气灯,在灯火中,黑大的人影晃来晃去。看来人们的兴致都不坏,但是却寂静无哗,只有火炉中飘出来的轻烟袅袅地没入夜空。

这也是我们的好时候。我们参加中国大使馆举行的招待会。在会上,我们遇到了许多白天参观访问时已经见过面的马里朋友。虽然认识不过才一天,但已经大有旧雨重逢之感了。我们也遇到了许多在马里工作的中国专家。看样子，他们都是单纯朴素的人、谦虚和气的人，但是他们做出来的事情却是十分不平凡。过去，马里是不长茶叶和甘蔗的。殖民主义者曾大吵大嚷，说是要帮助马里人民种茶树、种甘蔗。但是一种种了十几年，钱花了无数，人力费了无数，却不见一棵茶树、一根甘蔗长成。最后的结论是：马里是不适于种茶树和甘蔗的。现在，中国专家来了。他们不声不响，住在马里乡下，同农民一起劳动，一起生活，终于在那样同中国完全不同的气候条件下，让中国的甘蔗和茶树在马里生了根。他们自己也仿佛在马里生了根，马里人民把他们叫作"马里人"。他们赢得了从总统一直到一个普通人民上上下下异口同声的赞誉。乡村里的孩子们看到他们老远就用中国话高喊："你好！"每年，当第一批杧果和香蕉熟了的时候，马里农民首先想到的就是他们，把果品先送来让他们尝鲜。现在，细长的甘蔗、矮矮的茶树，已经同高大的杧果树长在一起，浓翠相连，浑然一体，它们将永远成为中马两国人民永恒友谊的象征。难道说这不是一个奇迹吗？我觉得，创造这个奇迹的那些单纯朴素、谦虚和气的人身上有什么东西闪耀着炫目的光芒，吸引住了我。同他们在一起，我感到骄傲，感到幸福。

我们也在夜里参加马里朋友为我们举办的招待会。有时候是在露天舞场里，看马里艺术家表演精彩的舞蹈。有时候是在一起吃晚饭。在这时候，访问过中国的马里朋友往往挤到我们身边来，娓娓不倦地对着我们，又像是对着自己，谈论他们在中国的见闻。他们绘形绘色地描述天安门和人民大会堂的庄严瑰丽，描述颐和园的绮丽风光。他们也谈到上海的摩天高楼、南京路上的车水马龙。他们也总忘不掉谈到杭州：西湖像是一面从天上掉下来的镶着翡翠边缘的明镜。无论谈到哪里，中国人民对他们的友情总是主要的话题。国家领导人、工厂里的工人、人民公社里的农民，连幼儿园的小孩子都对他们怀着真挚的感情，使他们永世难忘。他们谈着谈着，悠然神往，仿佛眼前不是在马里，而是在中国；眼前看到的仿佛不是杧果树，而是天安门、人民大会堂、颐和园、南京路和西湖。我听着听着，也悠然神往。我仿佛回到了祖国，眼前是祖国那如此多娇的江山。等到我一伸手捉到从栏杆外面探进来的杧果树枝的时候，我才恍如梦醒，知道自己是身在马里。我内心里深深感激着马里的朋友们，他们带我回了一趟祖国。

有一天，也就是在这样的一个夜里，我们几个人坐在中国大使馆的一个小院子里闲谈。周围是一些不知名的树。因为不知名，我们也就没有去注意。但是，刚一坐下，就有一股幽香沁入鼻中。我们异口同声地说道："是桂花！"我们到处搜寻，结果在一株枝条细长的树上找到了像桂花似的细小花朵，香气就是从那里面流出来的。不管树是不是桂花树，花香却确实像桂花香。我的心一动，立刻有一股乡思涌上心头。本来是平静的心，竟有点乱起来了。

乡思很难说是好东西，还是坏东西；是使人愉快的，还是使人痛苦的。但是，在这样一个亲切友好、斗志昂扬的国家里，有什么乡思，在这样一个夜里，有什么乡思，似乎是不应该的。中国古语说："四海之内，皆兄弟也。"在马里人的心目中，中国人就是兄弟。同马里人民待在一起，像中国专家那样,同他们一起生活、一起劳动,难道还不是人生最大的幸福吗?在马里闻到桂花香,难道不是同在中国一样令人高兴吗?我陡然觉得我爱上了这个地方。如果有需要也有可能的话,我愿意长住下去,把自己那微薄的力量贡献给这个国家。

巴马科之夜是平静的,平静得像是一潭止水,但是它包含的东西却是丰富的。我应该感谢巴马科之夜,它给了我许多新的启示,它使我看到了许多新东西,它把我带到了一个新的境界。奇妙的巴马科之夜啊!

1965 年 7 月 18 日

马里的杧果城

《马里的杧果城》一文记述作者在马里小城珂里克乐参观访问的情景。

仅仅半天时间,作者参观了榨油厂、造船厂、服务队训练营、师范学校,一路走马观花。可是,作者通过与当地官员、工人、农民、学校师生、训练营学员和军人的短暂接触,深切感受到来自马里人民的温暖、热情和友谊。

"我感到温暖,感到热情与友谊。"这句话在文章中先后出现了四次。这四次,有各自不同的场景,绝不是简单的重复。有意思的是,作者的这种感觉从何而来?是通过握手。不同的对象,有不同的手感、不同的力度、不同的握手方式:

第一次是当地党政官员的手,坚强有力;

第二次是工人的手,长满老茧、沾满油污,像老虎钳子;

第三次是军人的手,坚实有力、干净利索;

第四次是一位老年农妇的手,粗糙,沾有泥土和杧果汁,腻腻的、黏黏的。

这样，马里社会各界的人们，对中国人民的友好感情，都能通过握手表现出来。而唯有作者有亲身体验，加上细心观察，才能有如此逼真、令人信服的描写。

早就听说过珂里克乐是马里著名的杧果城。一看到公路两旁杧果树逐渐多了起来,肥大的果实挂在树上,浓黑的阴影铺在地上,我心里就想,珂里克乐大概快要到了。

果然,汽车蓦地停在一棵高大的杧果树下面,在许多杧果摊子旁边。省长、政治书记、副市长、驻军首长,还有一大群厅长、局长,都站在那里欢迎我们,热情地向我们伸出了手。于是一双双友谊的手就紧紧地握在一起。

到马里的小城市里来,这还是第一次。走在路上的时候,我心里直翻腾,我感到有一些陌生,有一点不安。然而,现在一握到马里官员们那一些坚强有力的手,我感到温暖,感到热情与友谊;原来的那一些陌生不安的感觉立刻消逝得无影无踪了。我仿佛来到了老友的家中、兄弟的家中。

我们就怀着这样的心情,在这些热情的朋友的陪同下,到处参观。

当我们走近榨油厂和造船厂的时候,从远处就看到鲜艳的五星红旗同马里国旗并排飘扬在尼日尔河上面晴朗辽阔的天空中。从祖国到马里三万多里的距离仿佛一下子缩短了,我好像是正在天安门前,看红旗在北京十月特有的蔚蓝的晴空中迎风招展。成群的马里工人站在红旗下面,用热烈的掌声欢迎我们。他们的代表用不太熟练的法语致词,欢迎他们的"中国同志",语短情长,动人心魄;他们对中国人民的热爱燃烧在心里,表露在脸上,汹涌在手上。他们用双手抓着我们的手,摇晃不停。这是工人特有的手,长满了茧子,沾满了油污,坚实,有力,像老虎钳子一般。我感到温暖,感到热情与友谊。

工人们的笑容在我们眼前还没有消逝,我们已经来到人民服务队,看到了队员们的笑容。他们一律着军服,持枪,队伍排得整整齐齐,在大门口等候我们。这地方原来是法国的兵营,现在为马里人民所有。政府就从农村调集了一些青年,到这里来接受军事训练,学习生产技术,学习文化。两年后,再回到农村去,使他们学到的东西在农村中生根、开花。这里是个好地方,背负小山,面临尼日尔河。数人合抱的木棉高耸入云,树上开满了大朵的花。还有一种不知名的树,也开着大朵的红花。远远望去,像是一片朝霞、一团红云,像是落日发余晖、燃烧的火焰,把半边天染得通红,使我们的眼睛亮了起来。地上落满了红花,我们就踏着这些花朵,一处处参观,看学员上课、养鸡、用土法打铁、做木工活。时间虽不长,但是学员们丰富多彩的生活、光辉灿烂的前景,给我们留下了深刻的印象。临别的时候,队长跟过来同我们握手。这是马里军人的手,同样坚实有力,但动作干净利索。我感到温暖,感到热情与友谊。

军人的敬礼声在我们耳边还余音袅袅,我们已经来到了师范学校,听到了学员们的欢呼声。校长、政治书记、党的书记、全体教员、全体学生,倾校而出,站在那里,排成一字长蛇阵,让我们在他们面前走过。

中午,当我们来到学校餐厅吃饭的时候,一进餐厅,扑面一阵热烈的掌声。原来全体师生都来了。党的书记致欢迎词,热情洋溢地赞美伟大的中华人民共和国和牢不可破的中马友谊。当他高呼"中华人民共和国万岁""中马友谊万岁"的时候,全屋沸腾起来,掌声和欢呼声像疾风骤雨。在一刹那,我回想到今天上午所遇到的人、所参观的地方,我简直不想离开这一个几个钟头以前还感觉到陌生的地方了。

但是,不行,当天下午我们必须赶回马里的首都巴马科,那里还有许多事情等着我们。于是,一吃完午饭,我们就回到那一棵高大的杧果树下。省长、副市长和许多厅长、局长早就在那里等着欢送我们。这时正是中午,炎阳当顶,把火流洒下大地,热得使人喘不过气来。但是,铺在地上的杧果树荫却仿佛比早晨更黑了,挂在树上的大杧果也仿佛比早晨更肥硕了,树下的杧果摊子仿佛比早晨更多了。这一切都似乎能带来清凉,驱除炎热。

正当马里朋友们在这里同我们握手告别的时候,冷不防,一个老妇人从一个杧果摊子旁边嗖地站了起来,飞跑到我们跟前,用双手紧紧握住我们的手。她说着邦巴拉语,满面笑容。我们谁也不懂邦巴拉语;可是一点也用不着翻译,她的意思我们全懂了。她浑身上下都洋溢着一个马里普通老百姓对中国人民的深情厚谊,这就是最好的翻译。马里人民对于压迫他们的帝国主义、殖民主义者是怀着刻骨仇恨的,而把同情和支持他们的反帝、反殖民主义斗争的中国人民看作自己的朋友、自己的兄弟,甚至说,中国人就是马里人。今天这个老妇人表现的不正是这样一种感情吗?我们那两双不同肤色的手紧紧地握在一起,我激动得说不出话来。这是一双农民的手,很粗糙,上面还沾了一些尘土和杧果汁,腻腻的,又黏又滑。但是我一点也不觉得它脏,我觉得它是世界上最干净的手,她是世界上最可爱的人,我感到温暖,感到热情和友谊。

1964 年 10 月 1 日

科纳克里的红豆

1964年4月初至5月中,季羡林参加中国教育代表团出访非洲四国的活动。在几内亚,代表团在科纳克里参加了五一节游行观礼,季羡林亲身感受到几内亚人民对中国人民的友好情谊;在植物园捡拾红豆时又巧遇塞古·杜尔总统。回国不久,他写了这篇《科纳克里的红豆》。

20世纪是战争与革命的世纪,第二次世界大战以后,西方殖民体系分崩离析,亚非拉许多前殖民地纷纷宣布独立。中国坚决支持这些新独立的国家,给予坚定的道义支持和经济援助,并与之开展文化、教育、卫生、国防领域的广泛合作。中国教育代表团就是在这种情况下,赴非洲参观访问的。

我一来到科纳克里,立刻就爱上了这个风景如画的城市。谁又能不爱这样一个城市呢?它简直就是大西洋岸边的明珠,黑非洲土地上的花园。烟波浩渺的大洋从三面把它环抱起来。白天,潋滟的波光引人遐想;夜里,涛声震撼着全城的每一个角落,如万壑松声,如万马奔腾。全城到处都长满了杧果树,浓黑的树影遮蔽着每一条大街和小巷。开着大朵红花的高大的不知名的树木间杂在杧果树中间,鲜红浓绿,相映成趣。在这些树木中间,这里或那里,又耸出一棵棵参天的棕榈,尖顶直刺天空。这就更增加了热带风光的感觉。

不久,我就发现,这个城市之所以可爱,还不仅由于它那美丽的风光。我没有研究过非洲历史,到黑非洲来还是第一次。但是,自从我对世界有一点知识的那天起,我就知道,非洲是白色老爷的天下。他们仗着船坚炮利,硬闯了进来。他们走到什么地方,什么地方就布满刀光火影,一片焦土,一片血泊。黑人同粮食、水果、象牙、黄金一起,被他们运走,不知道有多少万人从此流落他乡,几辈子流血流汗,做牛做马。然而白色老爷们还不满足,他们绘影图形,在普天下人民面前,把非洲人描绘成手执毒箭身刺花纹半裸体的野人。非洲人民辗转呻吟在水深火热中,几十年,几百年,多么漫长黑暗的夜啊!

然而,天终于亮了。人间换了,天地变了。非洲人民挣断了自己脖子上的枷锁,伸直了腰,再也不必在白色老爷面前低首下心了。我来到科纳克里,看到的是一派意气风发、欣欣向荣的气象。我在大街上遇到各种各样的人,有穿着工作服的工人,有牵着牛的农民,有挎着书包上学的小学生,还有在街旁树下乘凉的老人,在杧果树荫里游戏的儿童,以及身穿宽袍大袖坐在摩托车上飞驰的小伙子。看他们的眼神,都闪耀着希望的光芒、幸福的光芒。他们一个个精神抖擞。看样子,不管眼前是崎岖的小路,还是阳关大道,他们都要走上去。即使没有路,他们也要用自己的双脚踏出一条路来。

我也曾在那些高大坚固的堡垒里遇到这些人,他们昂首横目控诉当年帝国主义分子所犯下的滔天罪行。他们现在不再是奴隶,而是顶天立地的人,凛然不可侵犯。这种凛然不可侵犯的气概最充分地表现在五一节的游行上。那一天,我们曾被邀请观礼。塞古·杜尔总统,所有的政治局委员和部长都亲自出席。我们坐在杧果树下搭起来的木头台子上,游行者也就踏着这些杧果树的浓荫在我们眼前川流不息地走过去,一走走了三个多小时。估计科纳克里全城的人有一多半都到这里来了。他们有的步行,有的坐在车上,表演着自己的行业:工人在织布、砌砖,农民在耕地、播种,渔民在撒网捕鱼,学生在写字、念书,商人在割肉、称菜,电话员不停地接线,会计员不住地算账,使我们在短暂的时间里能够看到几内亚人民生活的各个方面。男女小孩脖子上系着红色、黄色或绿色的领巾,这是国旗的颜色,小孩子系上这样的领巾,就仿佛是把祖国扛在自己肩上。他们载歌载舞,像一朵朵鲜花,给游行队伍带来了生气,给人们带来了希望。于是广场上、大街上,洋溢起一片欢悦之声,透过杧果树浓密的叶子,直上云霄。

走在队伍最后面的是武装部队。有步兵,也有炮兵,他们携带着各种各样的武器。我觉得,这时大地仿佛在他们脚下震动。海水仿佛停止了呼啸。于是那一片欢悦之声,又罩上了一层严肃威武,透过杧果树浓密的叶子,直上云霄。

中国人民同北非和东非的人民从遥远的古代起就有来往,这在历史上是有记载的。但是,几内亚远处西非,前有水天渺茫的大西洋,后有平沙无垠的撒哈拉,在旧时代,中国人是无法到这里来的。即使到了现代,在十年八年以前,在科纳克里,恐怕也很少看到中国人。但是,我们现在来到这里,却仿佛来到了老朋友的家,没有一点陌生的感觉。我们走在街上,小孩子用中国话高喊:"你好!"卖报的小贩伸出大拇指,大声说:"北京,毛泽东!""北京,周恩来!"连马路上值班的交通警见到汽车里坐的是中国人,也连忙举手致敬。有的女孩子见了我们,有点腼腆,低头一笑,赶快转过身去,嘴里低声说着"中国人"。我们走到什么地方,什么地方就有和蔼的微笑、温暖的双手。深情厚谊就像环抱科纳克里的大西洋一样包围着我们,使我们感动。

正在这个时候,我忽然听说,在科纳克里可以找到红豆。中国人对于红豆向来有一种特殊的感情。我们的古人给它起了一个异常美妙动人的名字——"相思子"。只是这一个名字就能勾引起人们无限的情思。谁读了王维的"红豆生南国,春来发几枝。愿君多采撷,此物最相思"那一首著名的小诗,脑海里会不浮起一些美丽的联想呢?

一个星期日的傍晚,我们到科纳克里植物园里去捡红豆。在红豆树下,枯黄的叶子中,干瘪的豆荚上,一星星火焰似的鲜红,像撒上了朱砂,像踏碎了珊瑚,闪闪射出诱人的光芒。

正当我们全神贯注地捡着红豆的时候,蓦地听到有人搓着拇指和中指在我们耳旁发出清脆的响声。我们抬头一看:一位穿着黑色西服、身体魁梧的几内亚朋友微笑着站在我们眼前。这个人好面熟,好像在哪里见过。我们脑海里像打了一个闪似的,立刻恍然大悟:他就是塞古·杜尔总统。原来他一个人开着一部车子出来闲逛。来到植物园,看到有中国朋友在这里,立刻走下车来,同我们每个人握手问好。他说了几句简单的话,就又开着车走了。

这难道不算是一场奇遇吗?在这样一个时候,在这样一个地方,竟遇到了中国人民的朋友塞古·杜尔总统。我觉得手里的红豆仿佛立刻增加了分量,增添了鲜艳。

晚上回到旅馆,又把捡来的红豆拿出来欣赏。在灯光下,一粒粒都像红宝石似的闪闪烁烁。它们似乎更红,更可爱,闪出来的光芒更亮了。一刹那间,科纳克里的风物之美,这里人民的心地之美,仿佛都集中到这一颗颗小小的红豆上面来。它仿佛就是几内亚人民对中国人民的深情厚谊的结晶。连大西洋的涛声、杧果树的浓影,也仿佛都反映到这些小东西上面来。

我愿意把这些红豆带回国去,分赠给朋友们。一颗红豆,就是几内亚人民的一片心,让每一位中国朋友都能分享到几内亚人民对中国人民的情谊,让这种情谊的花朵开遍全中国,而且永远开下去。我自己还想把这些红豆当作永久的纪念。什么时候我怀念几内亚，什么时候我就拿出来看一看。我相信，只要我一看到这红豆，它立刻就会把我带回到科纳克里来。

1964 年 7 月

在兄弟们中间

阿尔及利亚是北非国家,濒临地中海,原住民为柏柏尔人,8世纪起阿拉伯人进入,本地开始伊斯兰化。17世纪起其海岸部分成为昔日地跨欧亚非三洲的奥斯曼帝国的一部分。1830年起法国以一个外交事件为由,入侵并占领阿尔及利亚海岸地区,法国殖民地自此逐渐向南渗透。但由于遭到当地居民的顽强而有力的抵抗,法国直到1905年才基本完成对整个阿尔及利亚的占领。二战期间,阿尔及利亚支持同盟国,支援自由法国武装战斗。1945年5月8日德国投降后,戴高乐领导的法国政府却开始镇压诉求阿尔及利亚独立的抗议运动,随后的大屠杀成为阿尔及利亚历史的转折点。1954年,民族解放阵线发起了争取阿尔及利亚独立的游击战争,经过近十年的斗争,阿尔及利亚于1962年独立。首任总统为本贝拉。中国人民坚决支持阿尔及利亚人民的独立斗争,并为独立后的阿尔及利亚提供有力的援助。中国教育代表团就是在这种情况下到访的。七天中,他们访问了阿尔及尔、君士坦丁和奥兰,生活在兄弟们中间、英雄们中间,季羡林感到温暖与幸福。

一走下飞机,从空中往下望给我留下的那美好的印象在眼前还没有消逝,耳旁又听到了阿尔及利亚朋友们亲切地喊我们"中国兄弟"的声音。我的心立刻热了起来,我知道:我们是来到了一个美丽的国家、一个兄弟的国家、一个英雄的国家;我们将要生活在兄弟们中间、英雄们中间了。

是的,我们确实是生活在兄弟们中间。在七天的访问中,我们走过许多地方,首都阿尔及尔、革命名城君士坦丁、美丽的海滨城市奥兰,都留下了我们的游踪。我们接触过许多人:从政府领导人、人民军军官、大学校长、大学教授、中学教员、工人、农民,一直到"儿童之家"七八岁、十几岁的小孩子。每个人对我们都有一双温暖的手、一脸像和煦的春风般的笑容。有时候,我们谈得很多、很长;但是有时候,也谈得很少、很短,甚至一句不说。不管怎样,我们好像彼此都了解得很深、很透。在一个简单的微笑里,我们也仿佛能够看到彼此的心。

我们永远不能忘记君士坦丁的"儿童之家"。当我们踏着黄昏的微光走进去的时候,到处都静悄悄的,几乎连个人影都看不到,我们心里有一点吃惊。但是,一走进一间大教室,蓦地有一片强烈的灯光、一阵豪迈的歌声,迎面向我们扑来。几百个儿童整整齐齐地站在那里,高声齐唱欢迎我们的歌曲。在独立以前,这些儿童有的在街上给人擦皮鞋,有的拾破烂,有的到处流浪;现在政府把他们收容起来,给他们准备了这样好的学习和生活的地方。其中还有一些烈士的子弟,他们的父亲或哥哥为国家牺牲了,政府也把他们收容到这里来。中国人民和阿尔及利亚人民的友情,他们是经常听老师说到的。今天竟然亲眼看到中国伯伯叔叔们站在眼前,于是,他们小小的心灵里那一团对中国的热爱,那一团对今天生活的幸福的感情,一股脑随着歌声迸发了出来。他们越唱声音越高,心情越激动。盘腿坐在木头台子上的民间音乐家,这时也挥舞着双手,弹奏起民间乐曲来。歌声、乐曲交织在一起,像疾风,像骤雨,像爆发了的火山,里面充满了友情与幸福的感觉,充满了信心与希望。整个教室沉浸入一团大欢乐中。校长告诉我们,他们准备这样唱下去,一直唱到天明;他们无论如何也不放弃同中国兄弟在一起的机会,哪怕只是一秒钟。我们也真想在这里待到天明。但是,事实上这是不可能的。过了中夜,我们只好怀着恋恋不舍的心情离开了这里。

我们也永远不能忘记阿尔及尔的"青年中心"。我们来到的时候,男女学员们在门口手执鲜花列队欢迎,掌声响彻晴朗的天空。以后,国家指导部的领导人和本校的领导人陪我们参观。教室、会议室、宿舍、健身房、厨房、餐厅,好像什么地方我们都参观到了。我们走到什么地方,掌声就跟我们到什么地方,而且是越来越响。当我们到餐厅吃饭的时候,掌声之外,又加上歌声,一片喜气洋洋的节日气氛。

在陪我们参观的一大群人中间,有一个十岁左右的小男孩,两只黑亮的大眼睛,闪闪发光。最初我们还没有十分注意到他。但是,整个下午,我们走到什么地方,什么地方就看到他那一双闪闪发亮的大眼睛,突然从桌子后面,或者从大人的背后露了出来。这当然就引起了我们的注意。问他的名字,他就把自己的名字写在我的小本子上:穆斯塔发。他父亲告诉我们,小穆斯塔发听说中国叔叔要来参观,欢喜得直蹦直跳,一定要带着照相机跟中国叔叔一起照一张相片。我们听了,心里很抱歉:为什么不早了解一下这个小朋友的心事呢？我们赶快站好,让穆斯塔发站在我们前面,照了一张相。我又拿出来了一支钢笔,给他别在上衣的小口袋里。这显然有点出他的意料。他一会儿把钢笔拿在手里,仔细地观察研究,一会儿又把它别在口袋里,还用手在外面拍一拍,好像这是一件无价之宝。他父亲笑着说:"你别看他现在不说话。赶明儿到了学校里,对着同学,拿出一支中国钢笔,他还不知道吹些什么哩。"小穆斯塔发只是抿嘴一笑,并不说什么;但好像同我们交上了朋友,他再也不离开我们,一直跟我们到餐厅,共同听那动人心魄的歌声。到了半夜,我们离开那里的时候,我们还看到那一双大眼睛在黑暗中闪闪发光。

　　像这样的事情是说也说不完的。我们真像是沉入兄弟情谊的海洋里了。

　　但是,我们同时也确实是生活在英雄们中间。天天陪我们的人、我们天天见到的人,都是真诚、淳朴、平易近人的。在他们身上丝毫也看不出有什么特异之处。但是,如果一追问他们的身世,你就会不由自主地感到敬佩。他们有的曾手执武器,同敌人在战场上搏斗;有的曾在城市里做地下工作,在大街小巷中同敌人捉迷藏;有的曾越过层层的封锁给游击队运送弹药;有的曾在敌人的监狱中度过了漫长的岁月。尽管他们都很年轻,但是每个人都有一段不平常的可泣可歌的经历,都是在烈火中锻炼出来的真金,都是英雄。

就这样,我们既是生活在兄弟们中间,又是生活在英雄们中间。对着兄弟,我们感到温暖;对着英雄,我们衷心敬佩。于是温暖与敬佩交织在我们心中,我们同阿尔及利亚朋友们在一起度过的每一分钟、每一秒钟就都成为无上的幸福了。

每当傍晚,我们访问完毕回到我们所住的人民宫的时候,这幸福的感觉总变得愈加浓烈。这里是一座极大的花园,这时正盛开着月季花、藤萝花,还有一些不知名的花。月季花朵大得像中国农民吃饭用的大海碗;藤萝花高高地挂在树顶上,一片淡紫色的云雾,看样子像要开到天上去。整个园子里高树浓荫,苍翠欲滴,姹紫嫣红,一片锦绣。在胜利以前,这园子是外国统治者居住的地方,阿尔及利亚人是不许进来的。欣赏这些美妙绝伦的花木的只是那些骄横恣睢的眼睛。花木有灵,也会负屈含羞的。然而现在住在这里的却是中国兄弟。于是这些花木棵棵都精神抖擞,摇摆着花枝,毫不吝惜呈现出自己的美丽,来迎接我们。古树仿佛更绿了,月季花的花朵仿佛更大了,藤萝也仿佛想更往高处爬。浓烈的香气使我们陶醉。连喷水池琤琤的流水声都像是在那里歌唱我们的兄弟情谊。到了夜深人静的时候,我回想到白天里遇到的一切人、一切事,幸福的感觉仿佛在我心里凝结了起来,久久不能入睡。这时花香透过窗帘涌了进来,把我送入梦中。

我就是这样度过了七天七夜。多么美好的七天啊!七天当然是很短的,我也没有法子把每一天都拉长。但是,另一方面,这七天也可以说是很长很长的;它在我的生命中仿佛凸出来一般,十分显著。我相信,这七天将永远保留在我的记忆中,什么时候回想起来,都会历历如在眼前。

1964 年 6 月 15 日写完

下 瀛 洲

1980年7月15至26日，应日本友人室伏佑厚之邀，季羡林赴日本参加印度学佛学会议，这是他首次访问日本。回国以后，他写了几篇回忆文章，《下瀛洲》是其中的一篇，主要讲述作者出访日本的心情和对日本的第一印象。

对于自己亲眼看到的日本，季羡林讲了两点突出的印象：一是环境整洁优美，令人赏心悦目；二是人们彬彬有礼，重视工作，重视时间，重视工作效率。他得出结论：就是这种精神，创造了战后的日本奇迹。

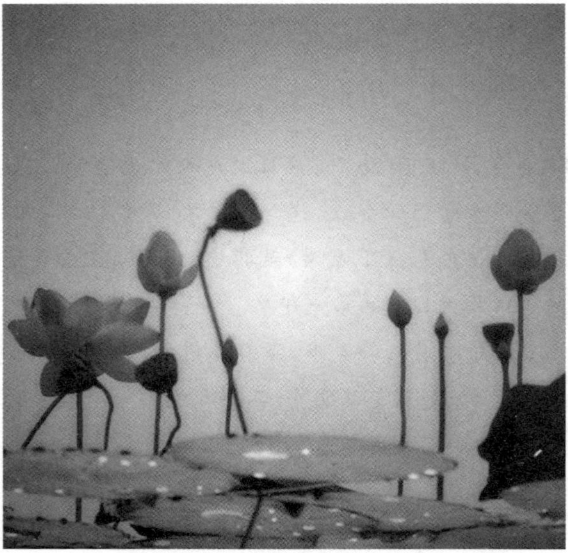

我仿佛正飞向一个古老又充满了神话的世界,心里有点激动,又有点好奇。但我又知道,这是一个崭新的完完全全现实的世界,我的心情又平静下来……

我就是怀着这样复杂多变的心情,平静地坐在机舱内。飞机正飞行在万米高空。我觉得,仿佛是自己生上了翅膀,"排空驭气奔如电",飞行的是我自己,而不是飞机。下面是茫茫云海。大地上的东西,什么都看不到。但是,从时间上来推算,我大体上能知道,下面是什么地方。两个多小时以后,茫茫云海并没有改变。但是我明确地知道,下面是大海。又过了一些时候,飞行速度似乎在下降。不久,凭机窗俯望,就看到海岸像一抹绿痕:日本到了。

我是第一次到日本来。但是我从小就读了大量关于日本的书籍,什么瀛洲,什么蓬莱三岛。虽然我不大懂这些东西,"山在虚无缥缈间",可是日本对我并不陌生。今天我竟然来到了这里。对来过的人说来,也许是司空见惯的事。对我说来,却是满怀新奇之感。机舱中那种复杂的心情,又向我袭来。我不禁有点兴奋起来了。

同行的一位青年教师说:"来到日本,似乎是出了国,又似乎没有出。"短短几句话很形象地道出了一个中国人初到日本的心情。事情确实是这样。时间只相隔两三个小时,短到让我们绝不会想到自己已经远适异域,东京大街上的招牌、匾额,甚至连警察厅的许多通告和条例,基本上都是汉字,我们一看就能明白。街上接踵联袂的行人,面孔又同我们差不多。说是已经身在异国,似乎是不大可信的。从前一位中国诗人到了法国巴黎,写了两句有名的诗:"对月略能推汉历,看花苦为译秦名。"在东京,也同在巴黎一样,是在国外,但是我们却绝不会有这样的感觉。"月是故乡明",在日本也同样地明了。至于花,好多花的名字,中日文是一致的。倘若我们不仔细留意,我们绝不会感到,我们已经是在离开祖国几千里外的异域了。

但是,最重要的还不是这些表面上的东西,而是日本人民的心。近两三年来,我在北京大学接待过几十个日本代表团。其中有重要的政治家,有著名的学者和作家,有年高德劭的大和尚,有声名远扬的亲台派,有老人,有青年,有男子,有妇女。他们的职业和经历都是完全不同的,政治见解也是五花八门。但是,他们几乎都有一颗对中国人民诚挚的心。他们对于中国过去的文化曾经帮助过日本这一件事,表示由衷的感谢;对于极少数军国主义者给中国人民造成的灾难,又表示真诚的内疚。我曾多次为这样一颗颗的心而感动。我感到,从我们嘴里说出的和我们耳朵里听到的"中日人民世世代代友好下去"这一句话,表示了我们两国人民的真诚愿望,绝不是一句空洞的话。

就在不久以前,我招待一个日本大学校长代表团。团长是一位学自然科学的大学校长。他纯朴热情、诚挚忠厚,真正是一位学者。看样子,他并不擅长辞令,但是说出来的话却句句能激动人心。在一次宴会上,喝了几杯茅台之后,他脸上泛起了一点红潮,样子已经有几分酒意了。他站起来讲话,又讲到中日文化关系,讲到日本军国主义者对中国人民的骚扰。这些话并没有新的内容,我已经听过许多遍,毫不陌生了。但是,现在从这样一位学者口中说出来,却似乎有异常的力量,让我永远难忘。

今天我自己来到了日本,接触到许多日本学者,接触到广大的日本人民。尽管我不能同所有的日本人民都谈话,但是,从一粒沙中可以看到宇宙,从少数日本朋友的谈话中,我仿佛听到了广大日本人民的声音。我在国内从日本代表团那里得到的印象,今天都完全得到了证实。

日本这个国家,整个就是一座大花园,到处树木蓊郁,绿草芊芊,很难找到一块不干净的地方。如果你想丢掉一团用不着的废纸什么的,那还真不容易,你简直找不到一块可以丢废纸的地方。家家户户,不管庭院有多么小,总要栽上一点花木。最常见的是一种矮而肥的绿松,枝干挺拔,绿意逼人,衬托着后面的小楼,看上去令人怡情悦目。

至于住在这里的人,都彬彬有礼,"谢谢""对不起"经常挂在嘴上。日本人民九十度的鞠躬是闻名全世界的。

但是,彬彬有礼并不等于慢慢腾腾。初到日本的人,大概都会感到,日本人走路、办事,都是急急忙忙,精神高度集中。连穿着高跟鞋走路的女士们,也都像赶路似的,脊背挺直,精神抖擞,嘚、嘚、嘚一溜小跑,好像前面有什么东西吸引着,后面有什么东西追赶着。日本人重视工作,重视工作效率,重视时间,决不肯浪费一点时间的。有的外国人把日本人描绘为"只知道工作的蜜蜂""工作中毒"等等。这些说法,我觉得丝毫没有讽刺的意思,而是充满了敬佩与赞美。第二次世界大战结束时,日本战败了,疮痍满目,过了一段非常艰苦的日子。一直到今天,年纪大一点的人,谈起来还心有余悸。然而在短短的一二十年中,他们又勇敢地站了起来，创造了让全世界都瞠目结舌的奇迹。这似乎难以理解，实际上却非常自然。联想到我上面说到的日本人民的那种精神，创造了些奇迹，又有什么可以吃惊的呢？

我今天来到的就是这样一个国家：既陌生，又熟悉；既有神话，又有现实；既属于历史，又属于当前；既显得很远，又显得很近；既令人惊诧难解，又令人感到顺理成章。向这样一个国家和人民，我们有许多东西是可以学习的。如果说从前的蓬莱、瀛洲都隐在一团虚无缥缈的神话的迷雾中，那么今天的日本却明明白白、毫不含糊地摆在我的眼前。我就这样怀着好奇而又激动的矛盾心情，开始了对日本的访问。

1981 年 7 月原稿
1982 年 1 月 4 日抄完

游唐大招提寺

《游唐大招提寺》不是一篇普通的游记。作者怀着满腔的虔敬热情讴歌鉴真大和尚(688—763)不惧艰危东渡弘法,为中日两国人民的友谊做出的巨大历史贡献。唐代高僧玄奘是作者崇拜的对象,而在这篇文章中,他把鉴真与玄奘并列。联想到作者本人的经历,读者不难发现,从玄奘、鉴真到季羡林,传承着同一种为信仰献身的伟大精神。

位于日本奈良市的唐大招提寺是由中国唐代高僧鉴真和尚亲手兴建的,是日本佛教律宗的总寺院,这座具有中国盛唐风格的建筑物被确定为日本国宝。鉴真应日本僧人之邀,东渡弘法,前五次都失败了,第六次东渡成功后,于天平宝字三年(759)开始主持建造唐大招提寺,大约于770年竣工。

1980年,在季羡林访日之前,鉴真坐像曾回国"探亲",在扬州、北京等地受到热烈欢迎,季羡林也曾前往参谒。这次出访,又安排了唐大招提寺的行程,这是何等凑巧而又可喜之事。季羡林在文章开头就讲此事,喜悦之情溢于言表。

多么凑巧的事情，又是多么可喜的事情！唐大和尚鉴真回国"探亲"，我们在北京刚见过面；他回到日本不久，我们又来探望参拜他了。

一走进唐大招提寺，我们仿佛回到了祖国。此地的一草一木、一梁一柱，无不让我们感到亲切可爱。连踏在脚下的沙粒，似乎也与别处不同。我们的心情又兴奋，又宁静，又肃穆，又虔诚。我们明确地意识到，这不是一个普普通通的地方，这是一个神圣的地方，这是中日两国人民悠久的传统友谊结晶的地方，绝不能等闲视之。

我们现在看到的当然是历历在目的大殿、经堂、佛像、神龛。但是我的心却一下子回到了一千多年以前的历史上去，回到鉴真生活的时代中去。这样的经历我从前曾经有过一次，那是在印度瞻谒玄奘遗迹的时候。我当时曾看到玄奘的身影无所不在。今天，印度换成了日本，玄奘换成鉴真了。同玄奘一样，鉴真的面貌我们都是熟悉的。我现在在这一座古寺里到处看到的就是鉴真的慈祥肃穆的面容。我仿佛看到他慈眉善目，庞眉铺目，到处烧香礼佛。看到他盘腿坐在莲花座上，讲经说法，为天皇、皇太子、贵族、平民传法授戒。他在整个寺院里让人搀扶着来来往往地行走。我不但能看到他的身影，而且能听到他的声音，虽然我并说不出，他的声音究竟是个什么样子。我们今天满怀虔敬之心踏在这一座古寺的土地上。我们知道，这一座古寺的每一寸土地都留有鉴真的足迹。我们脚下踏着的就是鉴真当年留下的足迹。因此，我们的步履轻而又轻，谨慎而又谨慎。特别是当我们走过一座重门深锁的院落的时候，我们的步子更轻了,我们仿佛在临深履薄,戒慎恐惧。这院落"庭院深深深几许",在望之如云端仙境的重楼上,鉴真的漆像就作为国宝保存在那里。这门是经常锁着的。我们不由得面向楼阁深处,合十致敬。

鉴真爱不爱日本人民呢?他当然是爱的。他怀着满腔炽热的感情爱日本,爱日本人民。他同中国人民一样,深深地体会到中日两国人民的亲密关系,决心为日本人民牺牲自己的一切,把他认为能救世度人的佛法传到日本去。为了日本人民的幸福,他毅然决然离开了自己的祖国。在当时想到日本去,简直难于上青天。今天讲一衣带水,形容两国邻近,非常轻松,非常惬意。然而海中波涛滚滚,龙蛇飞舞,用木头造的船横渡,其艰险绝非今日所能想象。鉴真尝试过几次,都失败了,最后终于九死一生,到了日本。如果对日本人民不抱有最深沉的爱,能做到这一步吗?他到日本时,双目已完全失明,什么东西都看不见了。但是,我相信,他能够看到一切。他看到的日本、日本人民、日本的自然风光,绝不比任何人少,而且会比任何人都更多,更深刻。他看到了别人看不到的东西,他看到了日本人民的心。他的心同日本人民的心共同跳动,"心有灵犀一点通"。他们心心相印。就凭着这一点,虽然他不懂日本语言——我猜想,他初到日本时是不懂当地的语言的——他却完全能同日本各阶层的人民交流思想,沟通感情。日本人民的喜怒哀乐就是他的喜怒哀乐。他同日本人民浑然一体。"海为龙世界,天是鸟家乡",日本就成了他的海,成了他的天了。

鉴真会不会怀念祖国呢?当然会的。他同样也是怀着满腔炽热的感情爱着自己的伟大的祖国。否则他绝不会在离开祖国一千多年以后又不远千里不顾年老体衰风尘仆仆回国"探亲"。不但探望了扬州,而且还探望了他离开祖国时还不存在的首都北京。他是一位高僧,不会有什么尘世俗念。但是爱国之情是人们最基本的感情,高僧也不能例外。遥想他当年远离祖国,寄身异邦,每天在礼佛讲经之余,一灯荧然,焚香静坐,殿外的春花秋月、夏雨冬雪,难免逗起一腔怀乡之情。檐边铁马的叮咚不会让他想到扬州古寺中的铁马吗?日本古代大俳句家松尾芭蕉非常了解鉴真的心情。他有一首著名的俳句,前有小引"唐招提寺开山祖鉴真和尚来日时,于船中遇难七十余次。其间,因海风侵袭双目,终成盲圣。今日拜谒尊像,得诗一首"。诗云:

  新叶滴翠,
  摘来拂拭尊师泪。
    (林林译文)

  像鉴真这样的高僧,断七情,绝六欲,眼中的泪珠从何而来呢?除了因怀念祖国而流泪之外,还能有什么原因呢?大诗人芭蕉不愧是真正的诗人,他能深切体会鉴真的心情,发而为诗,才写出这样感人的诗句,使我们今天的人,不管是中国人,还是日本人,读到它,还为之感动不已。

  我们中国人,不管读没读过芭蕉的名句,好像都能体会鉴真爱国思乡的心情。因此,当他这次回国"探亲"时,不管走到什么地方,扬州也好,北京也好,他都受到热烈的欢迎。今天他看到的祖国同他当年的祖国相比，已经完完全全变了样子，但是，祖国的人民、祖国人民的心，特别是对他那一片赤诚之心，则是一点也没有变的。我想，鉴真是完全擦干了眼泪带着微笑回到他的第二祖国日本去的吧！即使在日本再待上几百年，甚至几千年，他内心里也感到欣慰吧！

  中国人民对鉴真的敬爱还表现在另外一个方面。今天，凡是到日本来的中国人，只要有可能，没有不到唐大招提寺来参谒的。我们几个人现在就来到了这里。我走在这一座清净肃穆的大寺院里，花木扶疏，竹石掩映，到处干干净净，宛然一处人间仙境。但是我心中却是思潮腾涌，片刻不停，上下数千年，纵横数千里，遍照三世，神驰四极，对眼前的景物有时候视而不见，连自己走过的道路也有时候清楚，有时候不清楚。在不知不觉中，我们终于来到了鉴真的墓塔跟前。这一座墓塔并不特别高大巍峨，同中国常见的高僧墓塔样子和大小都差不多。这里就是鉴真永远安息的地方。我亲眼看到，日本人民男女老少成群结队，怀着极端虔敬的心情，到这里来参谒墓塔。走近墓塔的时候，他们面容严肃，脚步迈得轻轻的，唯恐惊扰了墓中的高僧。鉴真活着的时候，为日本人民的利益而牺牲了自己的一切。到了今天，他圆寂已经一千多年了，他仍然活在日本人民心中，他好像仍然生活在日本人民中间，天天受到他们的礼敬。鉴真死而有知，他一定感到莫大的欣慰吧！

  墓塔的周围，茂树参天，绿竹挺秀，更显得特别清幽阒静。离开墓塔不远，有一片荷塘。此时正是夏天，塘里荷花盛开。这里的荷花很有点特色,花瓣全是白的,只有顶上有一抹鲜红,闪出红彤彤的光,宛如富士山雪峰顶上照上一片红霞。我在中国许多地方,世界上许多地方,都看到过荷花;在荷花的故乡印度也看到过荷花。白荷花、红荷花,甚至蓝荷花、黄荷花,都看到过。但是像鉴真墓旁这样的荷花却从来没有见过。难道是富士山之灵钟于荷花上面了吗?难道是鉴真的神灵飞附到这荷花瓣上来了吗?

不管我是多么依恋唐大招提寺,多么依恋鉴真的墓塔,多么依恋池塘里的荷花,我们的活动是有时间限制的。经过了两三个小时的漫游,我们终于必须离开了。我们怀着依依难舍的心情,一步三回首,慢慢地踱出了这一座举世闻名的古寺。登上汽车以后,我们仍然从车窗里回望那些巍峨的大殿楼阁,直至车子转弯,它的影子完全消失为止。这些影子在眼前消失了,然而却落入我的心灵深处,将永远留在那里。

敬爱的鉴真大和尚!我们暂时告别了。倘若有朝一日我还能来到日本,我一定再来参谒你。我会从祖国最神圣的地方,最神圣的一棵树上,采下一片最神圣的嫩叶,来拂拭你眼中的泪珠。

1980 年 7 月 23 日,日本箱根写草稿
1985 年 1 月 29 日,北京抄毕

日本人之心

1986年5月,季羡林第二次访问日本,应邀在早稻田大学发表演讲,题目是《东洋之心》。会后,日本友人安排了游览,在诗仙堂、箱根的芦湖,作者与日本小学生、老年妇女有一些接触,感受到普通日本群众对中国、对中国文化、对中国人民的友好感情,遂有感而发,写了这篇《日本人之心》。文章分两部分,以朴素纪实的手法,还原当时的情景,读者可以从中体会日本人心里的温度。

经历过20世纪日本侵华战争的中国人,很难对日本人有什么好感。季羡林也不例外。有了两次访日的经历,他仿佛真的看到了日本人之心。如果两国人民能够彼此看到对方的心,那么"世世代代永远友好下去"就不仅仅是个口号。

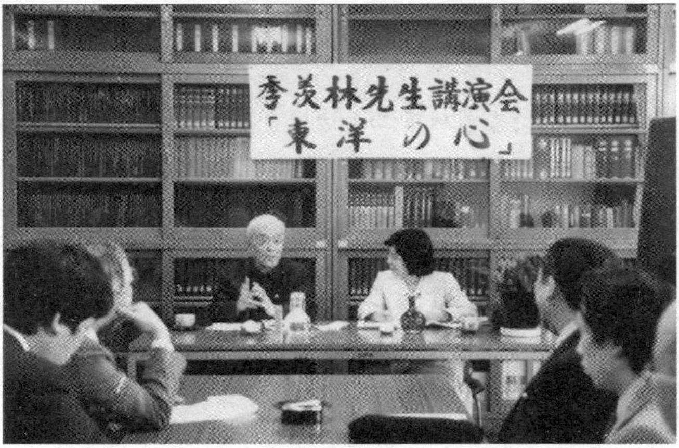
季羡林先生講演会
「東洋の心」

今年5月,我应邀访问日本,曾在早稻田大学讲演过一次。题目是日本主人出的,叫作《东洋之心》。由于自己水平低,又是临时抱佛脚,从理论上来看,讲演内容确实是卑之无甚高论。但是,在参观日本名胜古迹过程中,也就是说,在实践方面,我深有体会,好像是摸到了日本人之心。下面就写两件小事。

诗　仙　堂

我从来没有听说过诗仙堂的名字,我们的日程安排上也没有。我们从京都到岚山的路上,汽车忽然在一座园子门前停了下来,主人说,这里是有名的诗仙堂。

大门是用竹竿编成的,门旁立着一块石碑,上面镌着三个汉字:诗仙堂。门上有匾,横书三个汉字:小有洞。我们一下子仿佛回到了祖国,在江南苏州一带访问一座名园。我们到日本以后,从来没有置身异域的感觉。今天来到这里,心理距离更消泯得无影无踪了。

进门是石阶,阶尽处是木头结构的房子,同日本其他地方的房子差不多。整个园子并不大,但是房屋整洁,结构紧凑;庭院中有小桥流水,通幽曲径,枝头繁花,水中涟漪,林中鸟鸣,幽篁蝉声,一下子把我们带进了一个清幽的仙境。

小园中的一切更加深了我们在门前所得的印象:整个园子泛溢着浓烈的中国风味。我们到处看到汉字匾额,堂名、轩名、楼名,无一不是汉字,什么啸月楼,什么残月轩,什么跃渊轩,什么老梅关,对我们说来,无一不亲切、熟悉,心中油然升起故园之情。

园子的创建人是四百多年前天正十一年，公历1583年诞生的石川丈山。他是著名的文人和书法家，受过很深的中国文化的熏陶，能写汉诗。这是他晚年隐居的地方。根据宽永二十年，公历1643年，林罗山所撰的《诗仙堂记》，石川早岁入仕，五十六岁时，辞官建诗仙堂，"而后丈人不出，而善仕老母以养之，游事艺阳者有年矣。至于杯圈口泽之气存焉，抛毛义之檄，乃来洛阳，相攸于台麓一乘寺边，伐恶木，刺奥草，决疏沮洳，搜剔山脚，新肯堂，揭中华诗人三十六辈之小影于壁上，写其诗各一首于侧，号曰诗仙堂"。这就是诗仙堂的来源。三十六诗人以宋代陈与义为首，其下是宋黄庭坚、宋欧阳修、宋梅尧臣、宋林逋、唐寒山、唐杜牧、唐李贺、唐刘禹锡、唐韩愈、唐韦应物、唐储光羲、唐高适、唐王维、唐李白、唐杜审言、晋谢灵运、汉苏武、晋陶潜、宋鲍照、唐陈子昂、唐杜甫、唐孟浩然、唐岑参、唐王昌龄、唐刘长卿、唐柳宗元、唐白居易、唐卢仝、唐李商隐、唐灵彻、宋邵雍、宋苏舜钦、宋苏轼、宋陈师道、宋曾几。选择的标准看来并不明确，其中有隐逸诗，有僧人诗，有儒家诗，有官吏诗，花样颇多，总的倾向是符合石川那种隐逸的心情的。三十六诗仙都是中国著名的诗人，可见中国诗歌对他影响之大，也可见他沉浸于中国文化之深。在诗仙堂中其他轩堂里，还可以看到石川手书的《朱子家训》、"福禄寿"三个大字，还有"既饱"两个大汉字。石川深通汉诗，酷爱中国儒家思想。从诗仙堂整个气氛中，可以看出他对中国文化了解之深、热爱之切。我相信，今天来这里参观的中国人，谁都会萌发亲切温暖之感，自然而然地想到中日两国文化关系之源远流长，两国人民友谊之既深且厚。回天无方，缩地有术，诗仙堂仿佛一下子把我带回了祖国，不禁发思古之幽情了。

但是，一转瞬间，我却发现，不管诗仙堂怎样触动了我的心，真正震动我的灵魂的还不是诗仙堂本身，而是一群年纪不过十四五岁的女中学生，她们都穿着整整齐齐的中学生制服，朴素大方，神态自若。我不大了解日本中学生的情况。据说一放暑假，男女中小学生都一律外出旅行，到祖国各地参观，认识祖国。我这次访日，大概正值放暑假，我在所有我经过的车站上，都看到成群结队的小学生，坐在地上，或者站在那里，等候火车，活泼而不喧闹，整齐而不死板，给人留下深刻的印象。在诗仙堂里，我们也遇到了他们。因为看惯了，最初我并没有怎么介意。但是，我一抬头，却看到一个女孩子对着我们微笑。我也报之以微笑。没想到，她竟走上前来，同我握手。我不懂日本话，我猜想，日本中学生都学习英语，便用英语试探着同她搭话：

"Do you speak English?"

"Yes, I do."

"How do you do?"

"Well, thank you!"

"What are you doing here?"

"We are travelling during summer vacation."

"May I ask, what is your name?"

"My name is ……"

她说了一个日本名字,我没有听清楚,也没有再去追问。因为,我觉得,人之相知,贵相知心,区区姓名是无所谓的。只要我知道,我眼前站着的是一个日本少女,这也就足够足够了。

我们站在那里交谈了几句,这一个小女孩,还有她的那一群小伙伴,个个笑容满面,无拘无束,眼睛里流露出一缕天真无邪的光辉,仿佛一无恐惧,二无疑虑,大大方方,坦坦荡荡,似乎眼前站的不是一个异域之人,而是自己的亲人。我们仿佛早就熟识了,这一次是久别重逢。我相信,这一群小女孩中没有哪一个曾来过中国,她们为什么对中国不感到陌生呢?难道说这一所到处洋溢着中国文化芳香的诗仙堂在无形中,在潜移默化中起了作用,让中日两国人民之心更容易接近吗?我无法回答。按年龄来说,我比她们大好几倍,而且交流思想用的还是第三国的语言。但是,所有这一切都没能成为我们互相理解的障碍。到了现在,我才仿佛真正触摸到了日本人之心,比我在早稻田大学讲演时对东洋之心了解得深刻多了、具体多了。我感到无比的欣慰。"同是东洋地上人,相逢何必曾相识?"连今后能不能再会面,我也没有很去关心。日本的少女成千上万,哪一个都能代表日本人之心,又何必刻舟求剑,一定要记住这一个少女呢?

箱　　根

箱根算是我的旧游之地。上一次来到这里,只住了一夜,因而对箱根只留下了一个朦胧的印象。虽然朦胧,却是非常美的;也可以说,唯其朦胧,所以才美。

我们到达饭店的时候,天已经晚下来了。我们会见了主人室伏佑厚的夫人千津子、他的大女儿厚子和外孙女朋子。我抱起了小朋子,这一位刚会说话的小女孩偎依在我的怀里,并不认生。室伏先生早就对我说,要我为朋子祝福,现在算是祝福了。室伏先生说,朋子这个名字来源于"我们的朋友遍天下"这一句话。这一家人对中国感情之深厚概可想见了。他们想在小孩子心中也埋下友谊的种子。室伏先生自己访问中国已达数十次,女婿三友量顺博士和二女儿法子也常奔波于两国之间,在学术界和经济界缩紧友谊的纽带。同这样一家人在一起,我们感到异常地温暖,不是很自然的吗?

晚饭以后,我们走出旅馆,到外面湖滨上散步。此时万籁俱寂,月色迷蒙,缕缕的白云像柳絮一般缓缓飘来,仿佛伸手就能抓到一把。路旁的绿草和绿色灌木,头顶上的绿树,在白天,一定是汇成了弥漫天地的绿色;此时,在月光和电灯光下,在白云的障蔽中,绿色转黑,只能感到是绿色,眼睛却看不出是绿来了,只闪出一片黑油油的青光。茫茫的芦湖变成了一团暗影,湖上和岸边,什么东西都看不清楚。就因为不清楚,我的幻想反而更有了驰骋的余地。我可以幻想这里是人间仙境,我可以幻想这里是蓬莱三山。我可以幻想这,我可以幻想那,越幻想越美妙,越美妙越幻想,到了最后,我自己也糊涂起来:我是在人间吗?不,不!这里绝非人间;我是在天堂乐园吗?不,不!这里也绝非天堂乐园。人间天上都不能如此美妙绝伦。我现在所在的地方成了一个地地道道的人间仙境了。

夜里我做了一个仙境的梦。第二天,我们没能看到芦湖的真面目,就匆匆离开。只有这一个仙境的梦伴随着我,一转眼就是几年。

现在我又来到了箱根。

邀请我的还是同一个主人:室伏佑厚先生。他同法子小姐和女婿三友量顺先生亲自陪我们乘汽车来到这里。上一次同来的日本东京大学名誉教授中村元博士也赶来聚会。室伏夫人和长女厚子、外孙女朋子都来了。朋子长大了几岁,反而有点腼腆起来;她又有了一个小妹妹,活泼可爱,满脸淘气的神情。我们在王子饭店里热热闹闹地吃了一顿十分丰盛的晚餐,很晚才回到卧室。这一夜,我又做了一个仙境的梦。第二天,一大早晨,我就一个人走出了旅馆的圆厅,走到芦湖岸边,想看一看上一次没能看到的芦湖真面目。我脑海中的那一个在迷蒙月色下的人间仙境一般的芦湖不见了——那一个芦湖是十分美妙绝伦的。现在展现在我眼前的芦湖,山清水秀,空翠弥天;失掉了那朦胧迷幻的美,却增添了真实澄澈的美——这一个芦湖同样是十分美妙绝伦的。哪一个芦湖更美呢?我说不出,也用不着说出,我强烈地爱上了两个芦湖。

又过了一天的早晨,我又到芦湖岸边散步,这一次不是我孤身一人,主人室伏佑厚先生、法子小姐和三友量顺先生都陪来了。以前我没能真正认识芦湖,"不识芦湖真面目,只缘身在此湖中"。今天,我站在湖边上,仿佛是脱离开了芦湖,我想仔仔细细地认识一番。但是湖上云烟缭绕,真面目仍然无法辨认。我且同主人父女在湖边草地上漫步吧!

我们边走边谈,芦湖似乎存在,又似乎不存在。散策绿草地,悠然见芦湖。我好几次都有陶渊明悠然见南山的感觉。我们走过两棵松树,样子非常像黄山的迎客松。我告诉主人,我想为它取名迎客松。主人微笑首肯,认为这是一个好名字。他望着茫茫的湖水,告诉我说,在黄昏时分,湖上会落满了野鸭子。现在是早晨,鸭子都飞到山林里面去了,我们一只也看不到。话音未落,湖上云气转淡,在伸入水中的木桥头上,落着一只野鸭子。此时晨风微拂,寂无人声,仿佛在整个宇宙这一只野鸭子是唯一活着的东西。我们都大喜过望,轻手轻脚地走上木桥。从远处看到野鸭子屁股下面有一个白白的东西。我们一走近,野鸭子展翅飞走,白白的东西就拿在我们手中,原来是一个圆圆的鸭蛋。我们都非常兴奋,回看那一只野鸭已经飞入白云中,绕了几个圈子,落到湖对岸的绿树林里,从此就无影无踪了。

当我们从浮桥上走回岸边的时候,有四个老年的日本妇女正踏上浮桥。我们打一个招呼,就各走各的路了。此时,湖水依然茫茫渺渺,白云依然忽浓忽淡。大概因为时间还很早,湖上一只船都没有。岸边绿草如茵,花木扶疏,我心头不禁涌现出来了一句诗:"宫花寂寞红。"这里的花也有类似的情况:园花寂寞红。除了湖水拍岸的声音之外,什么声音也没有。我们几个人好像成了主宰宇宙沉浮的主人。我心里有一种说不出来的滋味,有点失神落魄了。猛回头,才发现室伏先生没有跟上我们,他站在浮桥上,正同那几个老妇人聊天。过了一会儿,他终于同那四个妇女一齐朝我们走来。室伏先生把她们一一介绍给我,原来她们都是退休的女教师,现在来箱根旅游。她们每个人都拿出了小本本,让我写几个字。我自然而然地想到那两句著名的古诗:"海内存知己,天涯若比邻。"于是我就把这两句诗写在每人的小本本上,合拍了一张照片,又客套了几句,就分手了。

我原以为这不过是萍水相逢,虽然感人,但却短暂,没有十分去留意。但是,我回国以后不久就接到一封日本来信,署名的就是那四位日本退休女教师。又过了不久,一盒装潢十分雅致漂亮的日本横滨名产小点心寄到我手中。我真正感动极了,这真是大大地出我意料。我现在把她们的信抄在下面,以志雪泥鸿爪:

季羡林先生:

前些日子有幸在箱根王子饭店见到您,并承先生赐字,一起合影留念,不胜感激。我将万分珍视这次意想不到的初次会面。

从室伏那儿得知先生在贵国担任着重要的工作。望多多保重身体,并祝先生取得更大的成绩。

昨天我给先生寄去了横滨传统的点心——喜乐煎饼,请先生和各位品尝,如能合先生口味,将不胜欣慰。

请向担任翻译的女士问候。

四年前我曾去贵国作过一次愉快的旅行,在北京住了三天,在大同住了三天。

我思念中国,怀念平易近人的先生,并期待着能与先生再次见面。怀此心情给您写了这封信。

归山绫子
6月28日
(李强译)

信写得朴素无华,却充满了感情。我立刻写了封回信:

归山绫子女士并其他诸位女士:

大札奉悉,赐寄横滨名产喜乐煎饼,也已收到,感荷无量。

箱根邂逅诸位女士,给我留下了深刻的印象,将永远忆念难忘。从你们身上可以看到中日人民之间的友谊确实是根深蒂固,源远流长。我们两国人民一定能世世代代永远友好下去。

敬请暑安!

季羡林
1986年7月12日

这确实是一件小事,前后不过半个小时。在人生的长河中,这不过是一个涟漪,一个小水泡。然而它显然深深地印在四位日本普通妇女的记忆中,通过她们的来信也深深地印在我的记忆中。借用佛家的说法,这叫作缘分。"缘分"一词似乎有点迷信。如果我们换一个词儿,叫作偶然性,似乎就非常妥当了。缘分也罢,偶然性也罢,其背后都有其必然性，这就是中日两国人民之间的深情厚谊，这是几千年中形成的一种情谊，不会因个别小事而被抹掉。

呜呼，吾老矣！但自认还是老而不朽。在过去半个多世纪中，我对日本没有什么研究，又由于过去的个人经历，对日本绝没有什么好感。经过最近几年同日本朋友的来往，又两度访问日本，我彻底改变了看法，而且也逐渐改变了感情。通过同室伏佑厚先生一家人的交往，又邂逅遇到了这样四位日本妇女，我现在真仿佛看到了日本人之心。我希望，而且相信，中日两国人民都能互相看到对方的心。"世世代代永远友好下去"这一句大家熟悉的话将不仅仅是一句口号了。我馨香祝之。

1986 年 7 月 28 日晨于庐山

曼 谷 行

《曼谷行》是季羡林1994年3月应邀访问泰国曼谷后写成的一组散文,共有十篇,这里选了其中五篇。总标题下有作者的小序:"1994年3月22日至31日,我应泰国侨领郑午楼博士之邀,偕李铮、荣新江二先生,飞赴曼谷,停留十日。时间虽短,所见极多,谓之闻所未闻,见所未见,亦绝非夸张。回国后,在众多会议夹缝中,草成短文十篇,姑称之为散文。非敢言文,聊存雪泥鸿爪之意云尔。"此处所选集中表现泰国华侨华人自强不息,广结善缘,在曼谷艰苦创业,努力弘扬华泰文化,造福中泰两国人民的光辉业绩。

郑午楼博士

　　一个出身商业世家,自强不息终于成大功的人;一个既有经济头脑,又有文化意识的人;一个自学成家,博闻强记的人;一个既通东方语言,又通西方语言的人;一个既工汉字书法,又能鉴赏中国古代绘画的人;一个既能弘扬泰华文化,又能弘扬炎黄文化的人;一个架设了中泰人民友谊金桥的人;一个把爱国主义与国际主义紧密结合起来的人;一个悲天悯人,广行善事,广结善缘的人;一个待人接物处处有古风的人;一个年届耄耋而又精力充沛超过年轻人的人。总之,一个看似平凡实则不平凡的人。

　　如此众多的不同的,甚至有些矛盾的气质集中在一个人身上,世界上能有这样传奇性的人物吗?

　　答曰:有!他就是泰国华裔侨领大企业家和教育家郑午楼博士。

　　中国俗话说"闻名不如见面",又说"百闻不如一见"。在结识郑午楼博士的过程中,我又一次体会到这些俗语的正确性。最近若干年以来,我常常听到郑午楼博士的大名。我对泰国情况不甚了了,但因为同自己所从事的工作毕竟是有联系的,所以也想多了解一些。近四五十年以来,我曾结识过一些泰国朋友,比如著名作家奈古腊,北大教员西堤差先生和夫人,在华的专家素察先生,还有北大东语系一些泰籍华人:范荷芳女士、侯志勇先生、郑先明先生等等。从他们那里我对泰国的了解深入了一点。但是我一直没有机会,直接到泰国去了解泰国,直接通过个人接触去了解郑午楼博士。

今年三月,机会终于到了。我们应郑午楼先生个人的邀请,来到了曼谷,参加由他创办的华侨崇圣大学的开学典礼。我们头一天晚上飞抵曼谷,第二天晚上,午楼先生就在他那豪华的私邸中设盛宴,欢迎中国和美国参加庆典的客人:中山大学校长曾汉民教授和蔡鸿生教授、汕头大学校长林维明教授、香港中文大学校长高锟教授、香港大学前校长黄丽松教授、香港学界泰斗饶宗颐教授、台湾郎静山老先生、美国加州大学伯克立分校校长田长霖教授,一时众星灿烂,八方风雨会曼谷。我同李铮和荣新江算是北京大学的代表,躬与盛会。我可真是万万没有想到,郑午楼博士同我一见面,就握着我的手说:

"你的著作我读过的。"

"???"

我颇有点惊讶:我们相隔万水千山,而且又不是一个行当,他怎么会读我的所谓著作呢?是不是仅仅出于客气呢?在以后的交往中,我慢慢地体会到:他说的不是客气话,而是实话。几天以后,我在国际贸易中心发表所谓演讲时,午楼先生竟也在千头万绪十分忙碌的情况下拨冗亲自去听。这充分说明,他对我那一套对东西方文化的看法还是有兴趣的。

在这一天晚上,在入座就餐之前,郑午楼先生亲自陪我们,实际上是带领我们参观他的住宅和艺术收藏品。他女儿站在大厅的入口处,欢迎嘉宾。这里的房间非常多,虽然不一定比得上秦始皇时阿房宫,然而厅室交错,大小相间,雍容华贵,巍然灿然,令人叹为观止。不知由于什么原因,我仿佛成了贵宾中的首席。他带领我们参观，总把我推到前面。我们跟着他看了大大小小的很多房间，把他收藏的艺术品一一介绍给我们。他似乎是着意介绍自己收藏的中国绘画和书法，这些珍品都装裱精致，整整齐齐地挂在墙上。我记得其中有明代大画家唐伯虎和仇十洲的画，都是精品，记得还有张大千的画和于右任的字。他介绍这些精品时，从面部表情和整个神情来看，他对这些东西怀有无限深邃恳挚的感情，也可以说是他对整个中国文化怀有深邃恳挚的感情，更可以说是他对他降生的那一块国土怀有深邃恳挚的感情。

　　谈到午楼先生收藏的书法精品，必须强调谈一点：他本人就是一个有精湛技艺造诣很高的书法家。这一点是我最初无论如何也没有想到的。汉字书法艺术是中华民族中汉族独有的艺术，世界民族之林中的任何民族都是无法攀比的。山有根，水有源，树有本，汉字本身就是汉字书法艺术之根、之源、之本。没有汉字，就不会有汉字书法艺术。但是，稍微懂行的人都能知道，这个艺术并不容易。它已经有了两千多年的历史。从李斯写小篆开始，一路发展下来，而隶书，而楷草，而行书，而草书。"江山代有才人出，各领风骚数百年"，代代都出了一些书法大家。表面上看起来，变化极大，然而夷考其实则能发现，在大变中实有不变者在。也可以说是"万变不离其宗"，这个不变者，这个宗就是必须有基本功。抛开篆书和隶书不谈，专就楷书、行书、草书而言，基本功就是楷书，必须先练好横平竖直、点画分明的基本功，才能在这个基础上发展。譬如盖楼，必须先盖第一层，然后再在这上面盖第二层、第三层，以至更多的层。佛经上有一个寓言故事，说盖楼从第二层向上盖起。寓意是说这是根本不可能的。可我们当今一些书法家在没有基本功的基础上大肆创作，结果——至少在我眼中，成了鬼画符。这些书法家正是佛经寓言中所讽刺的那些想从第二层盖楼的人。午楼先生的书法不是这个样子。他写的是楷书，是无法以荒诞文浅陋的楷书，是一切掩饰和做作都毫无用武之地的楷书。而且据我个人的观察，从我的欣赏水平所能达到的境界来观察，午楼先生的楷书取径很高，他所取的不是元代赵孟𫖯和明代董其昌的规范，而是唐代上承王氏父子中经"九成宫"，再济之以柳公权的规范。敦煌藏经洞中贮藏的唐代写经中最高水平的写经，都具备这样的书风。我看，如果把午楼先生写的小楷置诸敦煌写经中，几可乱真。俊秀而不媚俗，挺拔而不粗犷，这就是午楼先生楷书的特点。他之所以能达到这个水平，想来并非一朝一夕之功。在带领我们参观时，他从一个箱子里拿出了一些他练书法时的成品，足见他是"十年磨一剑"，绝非是轻而易举地成功的。他在天赋的基础上加以勤苦磨练，方能达到这个地步。

　　午楼先生的勤苦磨练，不但表现在书法上，其他方面也能表现出来。他又从箱子里翻出来了几本练习簿，很像今天中国小学生使用的那一种。里面每一页上都有印好的横格，上面整整齐齐地写着泰文字母和单词儿、短句。在另外一些本子里整整齐齐地写着英文字母和单词儿、短句。可见他今天能够掌握本来不是他的母语的泰文，能够掌握世界通行语言的英文，也并非是轻而易举的，也是经过了艰苦的磨练才达到目的的。

在那一天晚上,在宴会前,郑午楼博士满怀对远方友人的欢迎的热情,兴致勃勃,带领着我们参观了他的收藏品。我对这一位传奇式的人物开始有了点感性认识。我深深地感觉到,他的成功,正如别人的成功那样,绝不是偶然的。现在人们常常讲,一个人的成功取决于三个条件:禀赋或天资、努力和机遇。三者缺一不可。很多人认为,我也同样认为,三者中最重要的是努力。只要勤奋努力,锲而不舍,则一方面能弥补禀赋之不足,另一方面又能招来机遇。午楼先生就是一个具体的例子。从他的学习书法、学习外语来看(泰语对他来说已经不能算是外语了),他的勤奋努力是非常能感动人的。中国古话说:"书山有路勤为径,学海无涯苦作舟。"这两句话在午楼先生身上得到了充分的证明。

过了几天,午楼先生又邀请我们这一群外宾也是内宾到他城外的高尔夫别墅里去游览参观。我还没有从对曼谷的迷茫中解脱出来,我仍然是不辨东西南北,也无法体会这一座别墅究竟在曼谷的什么地方,但是印象却是非常清楚的。这里同前几天晚上见到的摩天高楼迥乎不同。虽然没有什么平畴烟树,却也颇多野趣。房子以平房为主,庭院极为宽敞。有的房子好像是还没有装修完毕,我们走到了一处用画廊同主房连接起来的亭子似的房间,脱鞋进屋,地板光洁如镜,里面还没有摆上多少桌椅之类的东西。午楼先生对我说:"下次再来曼谷时,就请你住在这里。"我连声道谢,但心里却琢磨:这不过是一时兴致高,即兴而说的客气话。可是过了几天之后,在他为人们饯别的晚宴上,他又说了同样的话。可见他是胸有成竹的,绝不是一时随便说说的。我在真正感激之余，觉得此事实在是渺如云烟，"更隔蓬山千万重"了。

在所有的这些活动中，午楼先生总是腰板挺直，神采奕奕，行动敏捷，健步如飞，不但不像一个年届耄耋的老人，而且连那几位同他在一起工作的中年人都自愧弗如。他们告诉我说，每次跟董事长检查工作，总是被他拖得满身大汗。我想到中国诗文中讲一个人的行动敏捷时说"瞻之在前，忽焉在后"。我再加上两句：来似雨飘，去似风骤。移赠午楼先生，我觉得是颇为适合的。

几个从大陆去的中年朋友，对我谈到午楼先生时，总称他为"董事长"或者"午楼博士"，亲切之情溢于言表。可以想见，他们对午楼先生是尊敬的，是爱戴的。也可以想见，午楼先生对他们没有架子，严格要求，亲切爱护，不以自己是领导凌人，不以自己是老人凌人，不以自己是名人凌人，不以自己是亿万富翁凌人。否则，这种尊敬爱戴之感从何而来呢？我们从大陆去的人也有亲身的体验。有一天在崇圣大学里一个什么典礼之后，很多客人和成群的中小学生聚集在餐厅里吃饭，因为人太多，实际上已无法摆开桌椅，正襟危坐。大家都随随便便在人声嘈杂中找到一把椅子坐下，把每人分得的一盒饭打开来吃。不知什么时候，午楼先生也手拿一盒饭，边吃边走了过来，同我们坐在一起，大嚼起来，一不矜持，二不做作，纯任自然，兴致颇高。我们中间的一位低声说："真没有想到，他也会同我们一起这样随随便便地吃饭！"这是小事一桩，难道不能小中见大吗？

在以后几天的参观中，我们到过很多地方：华侨报德善堂、世界贸易中心、潮州会馆、郑氏大宗祠、华侨医院、京华银行等等。这些机构都与午楼先生有联系，有的就是他鼎力创建的。在曼谷以外，听说还有不少的工厂、公司和其他机构，也都是午楼先生创办的。由此可见他的经营能力之强，组织领导艺术之高，精力之富，对事业进取之锐。现在他又倡导创办了华侨崇圣大学，他的事业可以说是达到了一个新的高峰。在以上这些机构中，有一些是广行善事，赈灾济贫；有一些则是弘扬泰华文化。在这些方面，他都取得了辉煌的成绩。他真正做到了精神与物质并重，经营与倡导比翼，这些都对我们有启发意义。1991年，午楼先生亲率赈灾团，不远千里，来到中国，救济中国受了水灾的灾民，可见他没有忘记中国这一个根。从他眼前健康情况来看，他仿佛仍如日中天，看来无论是在事业方面，还是在寿命方面，距离画句号还有很长一段路。这一点恐怕大家都能同意而又高兴的。

我在曼谷只待了十天，同午楼先生见面虽不算少，但毕竟时间还是太短太短了，我对他的认识不可能不是肤浅的。不过有一点我是坚决有自信的：在午楼先生身上许多貌似矛盾的气质或特点得到了和谐的统一，他身上有许多闪光的东西，很值得我们学习。我离开泰国已经一个多月了，泰国许多朋友的音容，午楼先生的音容，仍然历历如在目前，如在耳边。遥望南天，云海渺溟，我祝他事业兴旺，福寿康宁。

1994年5月13日

报德善堂与大峰祖师

到曼谷的第二天,主人就带领我们去访问报德善堂。

我们是昨晚很晚的时候才来到这里的。到现在,仅仅隔了一夜,也不过十个小时,曼谷这一座陌生的大城市,对我来说,仍然是迷离模糊,像是一座迷楼。而报德善堂,只是这个名称就蕴含着一层神秘的意味,更是迷离模糊,像是一座迷楼。但是,俗话说"客随主便"。我们只能遵守主人的安排了。

我在北京时,曾多方打听曼谷的情况。据知情者说,曼谷此时正是夏季的开始,气温能高达三十八到四十出头摄氏度。换句话说,同北京的温差有三十多摄氏度。我行年望九,走南闯北,数十年于兹矣。对什么温差之类的东西,我自谓是"曾经沧海难为水"了。那一年,我从北非的阿尔及利亚经卡萨布兰卡飞越撒哈拉大沙漠,到中非的马里去。马里有"世界火炉"之称,我们到的时候,又正是盛暑。也许是由于心理关系,当飞机飞临马里上空将要下降时,我蓦地觉得自己变成了一只正待下锅的饺子,锅里翻腾着滚开的水。飞机越往下降,我心里的气温越高。着陆时,气温是四十六摄氏度。我这一只饺子真正掉在热锅里了。这一次到曼谷来,是否再一次变成下锅的饺子呢?我心里颇为惴惴不安。

然而,天公好像是有意作美。我们到的前一天,下了雨。夜里又下了一场大雨。据说,按时令现在还不是下雨的时候。结果天气不但不酷热,而且还颇有一点凉意。泰国的华侨朋友说：

"是你们把冷气从北京带来了。"

"是托你们的福，我们才带来的。"

大家哈哈一笑，出门上了车。

我脑筋里忽然又闪出了昆明的影子。那里的气候是"四时皆是夏，一雨便成秋"。曼谷是不是也属于这个范畴呢？不管怎样，我们坐在车内，是并不感到热的。车外，大马路上，千车竞驶，时有堵塞。大雨虽晴，积水甚多。曼谷的下水道，以不能及时排水，蜚声全球。有的地方积水深达半英尺，长达几小时或几日。汽车走在水里，宛如中国江南水乡的小船。那些摩托车，由于体积小，能够在群车缝隙里穿来穿去，宛如水中的游鱼。一幅非常奇怪的街头景象。

我们终于来到了报德善堂。

到了以后，我才知道，这个报德善堂是同中国宋代的一位叫大峰祖师的高僧紧密地联系在一起的。中国距泰国数千里，宋代距现在将近一千年。这一位大峰祖师——他的画像就悬挂在这里的会客室中——怎么会浮海到泰国来了呢？我心里疑团郁结。

原来这里面有一个相当长又相当曲折的故事。大峰不见于中国的《高僧传》。明隆庆《潮阳县志》、清乾隆《潮州府志》等书都有关于他的记载，但都语焉不详。民间传说颇有一些谈到他的地方。总起来看，大峰祖师诞生于宋吴越国温州，俗姓林，名灵噩，字通叟。生于北宋宝元二年（1039年，一说生于1093年），卒于南宋建炎丁未（1127年）。中过进士，做过县令。年届花甲，才辞官出家。后来云游到了广东潮阳。他信仰的大概是当时颇为流行的禅宗。他行了不少善事，为乡民祈福禳灾，施医赠药，给灾民治病，同时收殓路尸，施棺赠葬，这当然会受到当地贫困老百姓的敬仰。他还曾募化建桥。关于建桥的事，传说中讲到了大峰祖师利用科学原理，把桥基稳置于江底硬地之上，使桥有了坚固的基础。总之，建桥一事，因为便利交通，为民造福，历来受到人民的称扬。一个名不见《高僧传》的和尚，在当地却声誉极隆。祖师圆寂后，到了南宋绍兴年间，邑人建堂崇祀，名曰"报德堂"，八百余年来，香火历久不辍，这在中国佛教史上也是少见的。这个堂广行善事，诸如施茶、殓尸、修桥、造路、赈灾、赠药等等，受到老百姓的赞誉，群众起而效之，岭表构建善堂崇祀祖师，几无处无之。战前统计，粤东共建善堂五百余所。中国改革开放以来，潮汕各县陆续恢复了大量的善堂。旅泰华侨中潮汕人占绝大多数，因此，早年报德善堂传往泰国，应该说是很自然的事。泰国报德善堂创建于1897年，距今已有九十七年的历史。这个善堂继承大峰祖师的衣钵，仍然是广行善事，其中包括收殓无主尸骸。后来又有人回到家乡中国潮阳和平乡，把那里供奉的大峰祖师的金身迎至泰国，几经转移，最后修建了大峰祖师庙，颜其额曰"报德堂"，就在我们今天到的报德善堂总部的对门。

我们今天的访问算是非正式的，但已给我留下了深刻的印象。堂里面当然会有点宗教气氛的，但并不浓。办公室布置得同现代化的大公司一般无二。我们听完了主人的介绍，走出门来，想到街对过大峰祖师庙去瞻谒。但是街上的积水，比我们来时不但未减，似乎还有点增涨。虽然近在咫尺，但步行无法过渡。我们只能临"河"伫观。但是，绝不是像庄子说的那样："两涘渚崖之间，不辨牛马。"整个对岸和大街就在眼底下，看得清清楚楚。被堵塞的汽车泡在水里，宛如中国江南水乡的小船，摩托车在船的缝隙里穿来穿去，宛如水中的游鱼。

我们伫观了一会儿，主人建议过一天再来，我们就转回了旅馆。

过了几天，我们果然又正式访问了报德善堂。雨早已停了，天已经晴好了。堂前的马路已经由"沧海"变为"桑田"。我们只走了几十步，就过了街，来到了大峰祖师庙。我以为这样一位受到万人崇敬具有无量功德的祖师，他的庙一定会庄严雄伟，殿阁巍峨，金身十丈，弟子五百。然而我眼前的这一座庙却同我国乡下的土地庙或关帝庙差不多大小。一进山门，就是庭院，长宽不过二十来尺。走几步就进了正殿，偏殿、后殿似乎都没有。金身也只有几尺高，真可谓渺矣微矣，无足道者。然而在这个狭小的庭院和大殿中却挤满了善男信女，一派虔诚肃穆又热气腾腾的景象，能够感染任何走进来的人，我顾而乐之。

在庭院中，一群妇女围坐在那里，把金纸和银纸折叠成方形、菱形的东西，不知道叫什么。我小的时候曾见过这样的金纸和银纸，多半是在为亡人发丧的时候叠成金银元宝烧掉。祭祖的时候极为少见，祭神的时候则从未见过。我从来没有推究过其原因。今天在曼谷大峰祖师庙，又见到这东西，但已经不是金银元宝的形状，于是引起我一连串的回忆与思考。难道是因为亲人初亡，到了阴间，人（按应作"鬼"）

生地疏,多给他们带点盘缠有利于他们的生活(按此有语病,一时想不起恰当的名词,姑仍用之)吗?不给祖先烧金银元宝,难道是因为他们移民阴间,为时已久,有的下了海,成了大款、大腕,根本用不着子孙们的金银元宝了吗?至于不给神仙烧,原因似极简单。他们当了官,有权斯有钱,再给他们烧金银元宝,似乎如俗话所说的,"六指划拳,多此一招"了。

我这样胡思乱想,有点失敬。但是我既然想到了,就写了出来,我只郑重声明一句:我说的祖先是指中国祖先,与泰国无涉。我从幻想中走了回来,看了看只有几丈长宽的正殿里的情景。大峰祖师的金身并不太高,端坐在神龛正中。像前地面上铺着几个蒲团,上面跪满了人,都是双手合十,口中喃喃,念的是什么经文,说的是什么话,谁也不清楚,但是虔诚之色,溢于颜面。神龛里烛光明亮,殿堂中香烟缭绕,大峰祖师好像是面含微笑,张口欲言,他在对信徒们降祉赐福。但是,我凝神观看,在氤氲的香气中,我又陷入迷离模糊,有点同刚到曼谷时的迷离模糊依稀相似,而实则极不相同。在缭绕的似云又似雾的烟气中,我恍惚看到了被大峰祖师赈济的灾民,看到了被他收殓的枯骨,甚至看到了他家乡的由他募化修建的那一座大桥,他今天已经成了把泰国的华侨和华裔紧密地同祖国联系在一起的金桥。我看到他微笑得更动人了,更让人感到福祉降临了。在这样的迷离模糊中,我走出了大峰祖师庙。

1994 年 5 月 17 日

华侨崇圣大学开学典礼

　　我仿佛是走进了"天方夜谭",仿佛走进了一个童话或神话的世界。

　　在辨认方向方面我的能力本来就不强,何况现在来到的是一个异国的陌生的大城市,而且只待了一天,曼谷对我还是一团谜。现在一下子来到了华侨崇圣大学新建的校舍中,参加十分隆重的开学大典,我懵懵懂懂,不辨东西南北,被人扶下了汽车,也不知道是什么时候进的校门,等到我抬眼观望时,已经快走到大礼堂了。

　　我现在眼花缭乱,只见马路上站满了男女警察,一律黑色制服,个个威武雄壮。大概是因为国王要御驾亲临,为了安全,为了维持秩序,不得不尔。马路两旁的空地上和草地上,挤满了男女老幼。穿着整齐的制服的中小学生则坐在草地上。搭了不少的布棚,棚下坐着许多成年人。虽然没有像一些国家那样到处挂满了五颜六色的彩旗,但是在一派喧腾热烈的气氛中,我眼前也闪耀着一些红红绿绿的影子,大概也是彩旗一类的东西吧。国王陛下预定下午四时半驾到,此时才不过二时多,辽阔的校园里已经是万众欢腾,一片祥和、喜庆,而又肃穆矜持的气象,上凌斗牛。这立刻让我想到印度古代佛典中描绘的如来佛到什么地方去受到热烈欢迎的场面,一切天、龙、紧那罗、阿修罗等等,无不在天空中凝神下视,对如来佛合十致敬,连印度教的天老爷天帝释或因陀罗,也伫立于随侍的群神中,真正做到了"天上天下,唯我独尊"。

我们被请进了新落成的富丽堂皇的大礼堂。屋内是另外一番景象。首先让我再明确不过地感觉到的是，室外骄阳如火，室内则因为有空调设备，冷冽如春。几百个座位上坐满了衣着整洁的绅士淑女，有泰国人，也有外国人，人人威仪俨然，说话低声细气，与室外形成了鲜明的对比。我们因为是中国来的贵宾，被引到最高排紧靠主席台就座。我又因为在中国学者中年龄最大，就被安排坐在右边是人行道的第二个座位上。第一个座位看来是贵宾席的首席座位。被邀请坐在那里的是从中国台湾来的年已届一百零四岁的蜚声宇内的摄影大师郎静山先生。看来序齿在这里起了很大的作用。不管怎样，经过了一阵紧张迷乱，现在总算安定下来了，可以休息沉思一会儿了。宇宙宁静，天下太平。

　　我们在肃穆中恭候国王陛下的御驾。但是距国王驾到的时间还有两个小时，时间是太多太多了。西谚说："你如果不能杀掉时间，时间就会杀掉你。"我现在怎样杀掉时间呢？最轻而易举的办法是同邻座的人侃大山。我的邻座是郎静山老先生。他慈眉善目，蔼然可亲，本来是可以侃一气的。但是，他不大说话，我也无话可说。我明显地感觉到，在我们之间横着一条深深的"代沟"。我行年已经八十有三，如果说有什么"代沟"的话，那一定会是我同比我年轻一些的人之间的"代沟"。然而今天的"代沟"却是我同比我年长二十一岁的老人之间的"代沟"。看来这个"代沟"更厉害，我实在无法逾越。我只好沉默不语，任凭时间在杀掉自己。幸亏陈贞煜博士是识时务的俊杰，他介绍给我了德国驻泰国大使和印度驻泰国大使，说了一阵洋话，减少时间宰杀的威力。此后，我们仍然是静静地坐着、恭候着。

有人来请我们中间比较年轻的几位学者到大礼堂外面什么地方去恭迎泰国僧王和国王的圣驾。我同郎老由于年老体弱,被豁免了这一项光荣的任务。我们只是静静地坐着、恭候着。到了下午四点三刻,台上有点骚动。我从台下看上去,那一群身着黑色礼服的绅士都站了起来。因为人太多,包围圈挡住了我的目光,我并没有看清国王。他的宝座大概就设在主席台的正中。只见这些绅士——后来听说,都是华人企业家——一个一个地从座位上站起来,走到国王宝座前,双膝下跪,双手举着什么,呈递给国王,国王接了以后,他就站起来走回自己的座位,下一位照此行动,一直到四五十位绅士们都完成了自己的任务。

呈递的是什么东西呢?我打听了泰国的华人朋友,他们答复说是:呈递捐款。原来华侨崇圣大学,虽然是郑午楼博士带头创办的,他自己已经捐了一亿铢,以为首倡,但他也罗致华人中有识有力之士,共襄盛举。大家群起响应,捐款者前赴后继。所谓"崇圣","圣"指的就是国王,他们要"崇圣报德",报答国王陛下使他们安居乐业之恩,所以就把捐款呈献给国王本人。那一天呈递的就是这样的捐款。据说捐一千万铢以上者才有资格坐在台上,亲自跪献。其余捐款少于一千万者,就用另外的方式了。

泰国朋友说,捐款完全是自觉自愿的。为了其他用途,泰国国王也接受捐献。所有这些捐献,国王及其他王室成员都用之于民。国王和王后以及其他一些王族,常常深入民众,访贫问苦,救济灾民,布施食品、衣服、医药等等,用中国的话说就是"广行善事"。因此,国王、王后以及王室成员,在人民群众中有极高的威信,真正受到了人民的爱戴。在这一点上,泰国王室同当今世界上还保留下来的一些大大小小的国家的王室,确实有所不同。对于这样的国王,华裔人士要"崇圣报德",完全是应该的,是值得赞扬的。

这话说远了,现在再回到我们的礼堂里来。在主席台上,捐献的仪式结束了,只见国王走下了宝座,轻步走到主席台左侧一个用黄布幔子遮住的佛龛似的地方,屈膝一跪。我大吃一惊,万民给他下跪的人现在居然给别的什么神或人下跪了。一打听才知道,幔子里坐的人正是泰国僧王。泰国是佛教国家,同缅甸和斯里兰卡一样,崇奉佛教小乘,中国所谓"南传佛教"。佛教的信条本来就是"沙门不拜王者",王者反而要拜沙门。作为虔诚佛徒的国王,当然甘愿信守这个律条,所以就有这一跪了。

肃穆隆重的开学大典到这里就算结束了。郑午楼博士恭陪国王到主席台后面的一个大厅里去接见参加大会的显要人物。我们中国的学者们被告知,到大厅的入口处排队迎驾,当国王走到这里时,午楼博士将把我们中最年长的两位介绍给国王陛下:一位当然就是郎静山先生,一位就是我。我们谨遵指教,站在那里。只见大厅里挤满了人,黑鸦鸦一片深色的服装。因为人太多,我并看不清国王是怎样活动的。我们的任务是站在那里等。我虽然已经年届耄耋,但毕竟比郎老还年轻二十多岁。可是站久了,也觉得有点疲倦。身旁的郎老却仍然神采奕奕,毫无倦容。我心里暗暗地佩服。然而,国王已经走到我们眼前。郑午楼博士看样子是做了较详细的介绍,因为说的是泰语,我听不懂。国王点头微笑,然后走出大厅。觐见的一幕也就结束了。

我们跟在国王和一群绅士后面,走到了一个距大厅不远的新建成的博物馆中,门楣上悬挂着泰国诗琳通公主亲笔书写的"崇圣报德"四个大汉字。这四个字可以说是华侨崇圣大学办学的最高方针,言简意赅,含义无穷。博物馆里收藏品极多,琳琅满目,美不胜收。国王的兴致看来是非常高的。他仔细看了每一个展览厅里几乎每一件展品,在里面待了很长的时间。然后走出博物馆,启驾回宫,他在崇圣大学里已经待了三个多小时了。

此时暮霭四合,黄昏已经降临到崇圣大学校园中,连在那巍峨的建筑的最高顶上,太阳的余晖也已消逝不见。韩愈的诗说"黄昏到寺蝙蝠飞"。在距离家乡万里之外的异域,我确实没有期望能看到蝙蝠。我看到的仅仅是仍然静静地坐在道路两旁的地上的男女中小学生,他们在这里坐了已经有五六个小时了。此时他们大概是盼着老师们下命令,集合整队回家了。

我们这一群从中国来的客人,随着人流,向外慢慢地走。在我眼前,在我心中,开学大典的盛况,仍然像过电影似的闪动着。这种"天方夜谭"似的印象,将会永远永远地留在我的心中。

1994 年 5 月 10 日

鳄 鱼 湖

人是不应该没有一点幻想的。即使是胡思乱想,甚至想入非非,也无大碍,总比没有要强。

要举例子嘛,那真是俯拾即是。古代的英雄们看到了皇帝老子的荣华富贵,口出大言,"彼可取而代也",或者"大丈夫当如是也"。我认为,这就是幻想。牛顿看到苹果落地而悟出了地心吸力,最初难道不也就是幻想吗?有幻想的英雄们,有的成功,有的失败,这叫作天命,新名词叫机遇。有幻想的科学家们则在人类科学史上占了光辉的位置。科学不能靠天命,靠的是人工。

我说这些空话,是想引出一个真人来,引出一件实事来。这个人就是泰国北榄鳄鱼湖动物园的园主杨海泉先生。

鳄鱼这玩意儿,凶狠丑陋,残忍狞恶,从内容到形式,从内心到外表,简直找不出一点美好的东西。除了皮可以为贵夫人、贵小姐制造小手提包,增加她们的娇媚和骄纵外,浑身上下简直一无可取。当年韩文公驱逐鳄鱼的时候,就称它们为"丑类",说它们"悍然不安溪潭,据处食民畜、熊、豕、鹿、獐,以肥其身,以种其子孙"。到了今天,鳄鱼本性难移,毫无改悔之意,谁见了谁怕,谁见了谁厌;然而又无可奈何,只有怕而远之了。

然而唯独一个人不怕不厌,这个人就是杨海泉先生。他有幻想,有远见。幻想与远见相隔一毫米,有时候简直就是一码事。他独具慧眼,竟然在这个"丑类"身上看出了门道。

他开始饲养起鳄鱼来。他的事业发展的过程,我并不清楚。大概也必然是经过了千辛万苦,三灾八难,他终于成功了。他成了蜚声寰宇的也许是唯一的一个鳄鱼大王,被授予了名誉科学博士学位。关于他的故事在世界上纷纷扬扬,流传不已。鳄鱼,还有人妖,成了泰国旅游的热点,大有"不看鳄鱼非好汉"之慨了。

今天我来到了鳄鱼湖。天气晴朗,热浪不兴,是十分理想的旅游天气。我可绝没有想到,杨先生竟在百忙中亲自出来接待我们。我同他一见面,心里就吃了一惊:站在我面前的难道就是杨海泉先生本人吗?这样一个传奇式的人物,即使不是三头六臂、朱齿獠牙,至少也应该有些特点。干脆说白了吧,我心中想象的杨先生应该粗一点、壮一点,甚至野一点。一个不是大学出身,不是科举出身,而又天天同吃人不眨眼的"丑类"打交道的人,没有上面说的三个"一点",怎么能行呢?然而站在我面前的人,温文尔雅,谦虚热情,话语不多,诚恳却溢于言表,同我的想象大相径庭。然而,事实就是这个样子,我只有心悦诚服地接受了。

杨先生不但会见了我们,而且还亲自陪我们参观。这样一个世界知名的鳄鱼湖,又有这样理想的天气,园子里挤满了游人。黑眼黑发,碧眼黄发,耄耋老人,童稚少年,摩登女郎,淳朴村妇,交相辉映,满园喧腾,好一派热闹景象。我看,我们中国大陆来的人,心情都很好,在热带阳光的照晒下,满面春风。

我们先在一座大会议厅里看了本园概况和发展历史的影片,然后走出来参观。但是,偌大一个园子,简直如一部二十四史,不知从何处看起。幸亏园主就在我们眼前,还是听他调度吧。

他先带我们到一个完全出乎我意料的地方去:一个地上趴着一只猛虎的亭子里。我原以为是一个老虎标本,摆在那儿,供人照相用作背景的。因为这里并没有像其他动物园里那样有庞大的铁笼子,没有铁笼子怎么敢养老虎呢?然而,我仔细一看,地上趴的确确实实是一只活老虎,脖子上拴着铁链子。一个小男孩蹲在虎的背后。面对老虎的是几个拍照的小姑娘。我一看,倒抽了一口冷气,说老实话,双腿都有些发颤了。我看了看那几个泰国的男女小孩,又看了看园主,只见他们面色怡然,神情坦然,我也只好强压下紧张的情绪,走了进去。跨过一个铁栏杆,主人领我转到老虎背后要与虎合影。我战战兢兢地跟在主人身后。同园主一起,摆好了照相的架势。园主示意我用手抚摩老虎的脖子。俗话说"老虎屁股摸不得"。老虎的屁股都摸不得,哪里还敢抚摩老虎的脖子呢?我曾在印度海德拉巴动物园中摸过老虎的屁股,但那是老虎被锁在仅容一身的铁笼子里,人站在笼子外面,哆里哆嗦地摸上一把,自己就仿佛成了一个准英雄了。今天是同老虎在一起,中间没有铁栏杆,我的手实在不敢往下放。正在这关键时刻,也许是由于园主的示意,饲虎的小男孩用一根木棒捣了老虎一下,老虎大怒,猛张血盆大口,吼声震耳欲聋,好像是晴天的霹雳,吓得我浑身汗毛都竖了起来。此情此景,大概我一生仅有这一次——然而这一次已经足够足够了。

此时,我真是五体投地地佩服园主,我佩服他的幻想。

一个没有幻想的人,能想得出这样前无古人的绝招吗?

紧接着是参观真正的鳄鱼湖。鳄鱼被养在池塘中。池塘有大有小,有方有圆,没有一定的规格,看样子是利用迁就原来的地形,只稍稍加以整修。我们走过跨在湖上的骑湖楼,楼全是木结构,中间铺木板,两旁有栏杆。前后左右全是池塘,池塘养着多寡不等的鳄鱼。据主人告诉我们说,这样的池塘群还有十五个,水面面积之大可想而知。鳄鱼是按照种类、按照年龄分池饲养的。这样多的鳄鱼,水里的鱼早被吃光了,只能每天按时用鸡和鱼来饲养。我看鳄鱼条条肥壮,足证它们的饭食是不错的。池中的鳄鱼千姿百态,有的趴在岸边,有的游在水里。我们走过一个池塘,里面的鳄鱼,条条都长过一丈,行动迟缓,有的一动也不动,有的趴在太阳里,好像是在那里负暄,修身养性。主人说,这个池塘是专门饲养五六十岁以上的老年鳄鱼。在人类社会中,近些年来,中外都有一些人高喊什么老龄社会,大有惶惶不可终日之慨。鳄鱼大概还没有进化到这个程度,不会关心什么老龄不老龄。然而这个鳄鱼湖的主人却为它们操心,给它们创建了这个舒适的干休所,它们可以在这里颐养天年了。至于变成了女士们的手提包,鳄鱼们是不会想到的。有一个问题我们参观的人都很关心,我想别的人也一样,这就是:这个鳄鱼湖里究竟饲养了多少条鳄鱼。主人说是四万条。这真是一个惊人的数字。我想,在茫茫大地上,在任何地方,即使是鳄鱼最集中的地方,也绝不会有四万条聚集在一起的。

此时,我更是五体投地地佩服我们的园主,佩服他的幻想。一个没有幻想的人能够把四万条鳄鱼集中在一起成为人类的奇迹吗？

紧接着我们走上了林荫大道,浓荫匝地,暑意全消。蒙杨海泉先生照顾,因为我年纪最大,他特别调来了一辆只能坐两人的敞篷车,看样子是他专用的。我们俩坐上,开到了一个像体育馆似的地方。周围是看台,有木凳可坐。园主请中国客人坐在最前排。下面是鳄鱼的运动场。周围环水,中间有块陆地,有几条鳄鱼在上面睡觉,还有几条在水里露出脑袋来。走进来两个男孩子,穿着颇为鲜艳的衣服。他们俩向周围看台上的泰、外观众合十致敬,然后走到水中拉出几条大鳄鱼,是拽着尾巴拉的,都拉到环水的陆地上。一个男孩掀开一条鳄鱼的大嘴,不知道是念了一个什么咒,鳄鱼的嘴就大张着,上下颚并不并拢起来。我们没看清男孩是用什么东西,戳鳄鱼的什么地方,只听得乒的一声巨响,又乓的一声,不知道是从哪里发出来的声音。小男孩又把自己的脑袋伸入鳄鱼嘴中,在上下两排剑一般的巨齿中间,莞尔而笑,然后抽出脑袋,把鳄鱼举在手中,放在脖子上,又让鳄鱼趴在地上,他踏上它的背部。两个孩子把几条吃人不眨眼的鳄鱼弄得服服帖帖。有时候我们真替他们捏一把汗；然而两个孩子都怡然自得,光着脚丫,在水中和陆上来回奔波。

出了鳄鱼馆,我们又来到了另一个也像体育场似的场所。周围也是看台,同样是坐满了全世界许多国家的旅游者。但这里是大象和杂技表演的场所,台下没有水,而是一片运动场似的地。场中有几个同样穿着彩衣的男女青年。他们先把一大堆玻璃瓶之类的东西砸碎,然后有一个男孩光着膀子,躺在碎玻璃碴上,打滚,翻筋斗,耍出种种的花样。

最后又有一个男孩踩在他身上。在他身子下面,碎玻璃仿佛变成了棉花或者羊毛或者鸭绒什么的,简直是柔软可爱。看了这些表演,对中国人来说,这简直是司空见惯;然而对碧眼黄发的人来说,却是颇为值得惊奇的。于是一阵阵的掌声就从周围的看台上响起了。接着进场的是几头大象,脖子上戴着花环,背上,毋宁说是鼻子上骑着一个男孩子。先绕场一周,向观众致敬,大象无法用泰国常见的方式,合十致敬,只能把鼻子高高举起,表达一番敬意了。大象在小孩子的指挥下,表演了许多精彩的节目,然后又绕场走起来。我原以为这只是节目结束后例行的仪式。然而,我立刻就看到,看台上懂行的观众,掏出了硬币,投向场中。不管硬币多么小,大象都能用鼻子一一捡起,递到骑在鼻子上的小孩的手中。坐在前排的观众,掏出了纸币,塞到大象的嘴里——请注意,是嘴,不是鼻子——大象叼起来,仍然递到小孩子手中。我同园主坐在前排正中。大概男孩知道,园主正陪贵宾坐在那里,于是就用不知什么方法示意大象,大象摇晃着鼻子来到我们眼前。我一下子窘了起来,我口袋中既无硬币,也无纸币。聪明的主人立刻递给我几个硬币和几张纸币,这就给我解了围。我把纸币放在大象嘴中,又把硬币放到伸到我眼前的鼻子中,我的手碰到了大象柔软的鼻尖上的小口,一阵又软又滑又湿的感觉从我的手指头尖上直透我的全身,有一种无法用语言形容舒适清凉的 ecstasy,我的全身仿佛在颤抖。

我们的参观结束了,但是我的感触却没有结束,而且永远也不会结束。杨海泉先生养的虽然是极为丑陋凶狠的鳄鱼,然而他的目标却是:

>   绍述文化今鉴古——
>   卿云霭霭,邹鲁遗风。
>   做圣齐贤吾辈事,
>   民胞物与,人和政通。
>   世变沧桑俱往矣!
>   忠荩毋我,天下为公。
>   静、安、虑、得、勤观照,
>   辉煌禹甸,乐见群龙。
>   忠孝礼义仁为本,
>   发聋启瞆新民丰。

杨先生的广阔胸襟可见一斑了。他这一番奇迹般的伟大事业,已经给寰宇的炎黄子孙增添了光彩,已经给世界文化增添了光彩,已经给泰华文化增添了光彩。对于这一点,我焉能漠然淡然没有感触呢?海泉先生做出了这样的事业,但看上去他仍然是充满了青春活力的。他那令人吃惊的幻想能力已经呈现出极大的辉煌,但是看来还大有用武之地,还是前途无量的。我相信,等我下一次再来曼谷时,还会有更伟大更辉煌的奇迹在等候着我。这是我坚定不移的信念。

1994 年 5 月 7 日

东方文化书院和陈贞煜博士

在入口处,在一座很高的山墙上,六个极大的汉字镶嵌在上面,发出了闪闪的金光:东方文化书院。上面是一行印度天城体字母写成的梵文:Prācyasanskritipratisthāna(拉丁字母转写)。这几个金光闪闪的大字,似乎就闪耀出无限深邃的无限神秘的东方智慧。院长陈贞煜博士把这几个字指给我看,并问我最后几个字怎样读。

这就是泰国曼谷的东方文化书院。

顾名思义,书院的目的就是弘扬东方文化,弘扬泰华文化。书院建院伊始,大规模的工作还没有展开。但是,中国古语说"千里之行,始于足下"。书院已经有了一个很好的开始,预示着它前程似锦,无限辉煌。

我应邀在这里做了一个学术讲演,讲的仍然是我那一套天人合一。听众人数不多,但多是侨界精英。我讲完了以后,有几位学者发言支持,像著名学者郑彝元先生,还有国内去的中山大学教授著名的中西交通史专家蔡鸿生先生等等。记得鲁迅先生曾说过,一个人发出了声音,如果没有应答,那就是最让人感到寂寞的事情。即使是反对的应答,也比没有强。我现在得到的应答是完全肯定的,乐何如之!庄子在《徐无鬼》中说道:"夫逃虚空者,藜藋柱乎鼪鼬之径,踉位其空,闻人足音跫然而喜矣。"我现在不是处在藜藋之中,而是坐在富丽堂皇的大讲堂里,然而跫然的足音更能给我带来无量的喜悦。

然而更使我喜悦的是陈贞煜博士作为主席介绍我时那种溢于言表的情谊。陈先生同我一样是德国留学生。我们初见面时，无意之中彼此讲了几句德国话。这样一来，记忆的丝缕把现在同过去的比较天真无邪的青春时期牵在一起了，不由自主地油然而生了一点似浓似淡的甜蜜感。难道这就是我们一见如故"心有灵犀一点通"的原因吗？不管怎样，我们俩在中国只见过一面，我来到泰国再见面就仿佛已是老友了。陈先生是学法律的，做过二十年法官，当选过国会议员，担任过泰国最高学府之一的法政大学校长，现在仍然是那里的教授。但是，他为人淳朴，一无官气，二无"法"气，在当今不算太清明的世界上是一个难得的好人。

在离开曼谷的前一天，我们此行的任务可以说是已经完成了，夸大一点，也可以说是胜利完成了。但是好像仍有所不足，似乎还有一点什么东西耿耿于怀，仔细一想：有名的大皇宫还没有逛。"不到皇宫非好汉"，到曼谷来旅游的人，没有不到大皇宫的。然而，我们就要走了，这一次是逛不成了。人世间尽如人意的事情是十分难得的，索性给曼谷留下一点我们的心，留下一份怅怅，一份怏怏。

然而，完全出乎我的意料，我们的救星来到了，这个救星就是陈贞煜博士，他忽然偕郑彝元先生和林悟殊先生来到了旅馆，邀我们去游大皇宫。这真是喜从天降，我们立即上车。

谈到皇宫，我是颇有一些经验的。我到过世界上三十多个国家，那里的皇宫我看过不少。举其荦荦大者北京故宫固无论矣；在印度，莫卧儿王朝的皇宫，我就看过两个：阿格拉的红堡和德里的红堡。两处皇宫的特点几乎完全是一样的：

都是用红色岩石筑成,所以名为"红堡";建筑风格都是伊斯兰式的,简单明了,线条清晰,令人一目了然,毫无拖沓繁复浓得化不开之感。所有的拱门,不论大小,所有的窗子,也不论大小,上端都是桃形,这是典型的伊斯兰建筑风格,全世界概莫能外。在俄国,我见过克里姆林宫。在德国,我见过弗雷得里希大帝的无忧宫。这些皇宫都各有其特点。从审美的角度来看,它们泾渭分明,绝不容混淆。中国的皇宫以气象胜,巍峨雄伟,大气磅礴,庄严威武,惊心动魄。可远观而不可亵玩,属于阳刚一类。无忧宫和红堡,气势不能说没有,但是格局狭隘,可以近观而不宜远望。雕梁画柱,墙上,柱上,镂金错彩,镶金嵌玉,盈尺之中,无限风光。虽然不能即归诸阴柔之美一类,但与中国故宫比,其差别可以立见。

现在到了泰国的大皇宫。在进门之前,我自然而然地就会回忆起以前看过的所有的皇宫,在潜意识中加以对比,而产生了一种德国接受美学学派所说的"期望视野"。我究竟期望在这座大皇宫里看到什么样的东西呢?我自己也并不十分清楚。隐隐约约地好像要看到一点类似中国故宫似的东西。泰国毕竟是在东方的且是我们的近邻嘛。

我脑海里似乎就晃动着北京故宫的影像,上面还罩上了一层极薄极薄的无忧宫和红堡的影子,踏进了大皇宫的大门。然而,第一个印象就带给我了一点淡淡的失望:宫门一不巍峨,二不精致,只是比普通邸宅的大门大了一些,不能给人留下深刻的印象。走了进去,庭院也并不宽敞。这同我的期望,即使是朦朦的期望吧,是有极大的距离的。我真感到失望,感到落寞。然而,当我走近一些宫殿时,我看到一些柱子上镶嵌着宝石之类的东西,闪出了炫目的光辉。墙壁上则彩绘着壁画,烟云缭绕,宫阙巍峨,内容多半是《罗摩衍那》中的故事。原来泰国王室与罗摩有什么渊源,所以印度古代英雄罗摩十分受到崇敬。皇宫里壁画上画着罗摩的故事,也就丝毫不足怪了。我的眼前豁然开朗,目为之明,耳为之聪,深悔刚才的失望与落寞了。

但这还不是参观的高潮,高潮还在后面。陈博士带我们走进了崇高宏伟的玉佛宫,金碧辉煌,香烟缭绕。殿非常高,仰头一望,宛如走进了欧洲哥特式的大教堂,藻井高悬在云端。一尊庞大的玉佛,高踞在神龛里,慈眉善目,溢满慈悲。陈博士跪在大理石的地上礼佛。我虽然不信佛教,但是我对真诚信仰任何宗教的人都怀有敬意,除了个别的阴森古怪的邪教外,任何宗教都是教人做好事的。我因此也顺便坐在地上,腿下大理石的清凉立即流遍了我整个身子,同外面三十多摄氏度的炎热相比,真无异进入了清凉世界,甚至是清凉的佛土,我立即神清气爽,好像也颇能分享大殿中跪在地上的善男信女的天福了。

我们离开了玉佛殿,在黑头发、白头发、黄头发、灰头发,黑眼睛、蓝眼睛、高鼻梁、低鼻梁,形形色色的人流中,挤出了大皇宫,走到了大马路上,上了等在那里的汽车。在我的心中,我默默地说了声:"再见,大皇宫!我有朝一日,还会回来的。"

现在,时间已靠近中午,天气更热了。这是我到曼谷来后第一次感到热。天公好像又有点作美,想弥补我对曼谷这个大火炉的"失望"。"索性热一下,让你尝一尝热的滋味!"

我好像听到天老爷这样说。热滋味我尝到了,身上出了汗,但是肚子里也感到空了。陈博士建议去参观法政大学,并在那里进午餐。前一句受到我的欢迎,后一句受到我的赞赏。于是我们就到了法政大学。

　　提起法政大学来,真是大大地有名。它同朱拉隆功大学并称泰国最高学府。据陈博士介绍,这所大学有点像北京大学。历次学生运动都在这里涌起,然后波及全曼谷,以至全泰国。校外一片广场似的地方,学潮一起,就旌旗匝地,呼声震天。但是,眼前学校是十分平静的。学生有的上课,有的吃饭,怡怡如也。陈博士请出了校长同我们见面,又领我们到院长办公室,同院长和教授们见面。院长和几位教授都是德国留学生,都能讲德国话,一位年轻的教授就用德文给我介绍了情况。我心里暗暗地发笑:原来这一位陈博士悄没声地在这里形成了一个小小的德国派,这在泰国,甚至东南亚国家,都是绝无仅有的,那里流行的是英语。我们离开了院长办公室,又去看了陈博士的办公室,然后走向餐厅。路上碰到很多年轻人,不知道是学生,还是教员。他们都对陈博士合十致敬。看起来这一所擅长闹学潮的学校,并不那么可怕。杏坛春暖,程门立雪,老师循循善诱,学生彬彬有礼,师生之间,其乐融融。另一方面也能看出,陈博士在学生和教员中是很有威望的。离开了法政大学,又到朱拉隆功大学乘车看了看校园。泰国的最高学府我算是都看过了。

　　就这样,我们在曼谷的最后一天,是很充实很有意义很愉快的一天。这当然都要感谢陈贞煜博士。这一位今雨而又似旧雨的朋友,我永远也不会忘记。临别时,我心里像对大皇宫说的话那样,对陈贞煜博士说:"亲爱的朋友!再见了,有朝一日,我们还会见面的,或在曼谷,或在北京!"

1994 年 5 月 21 日